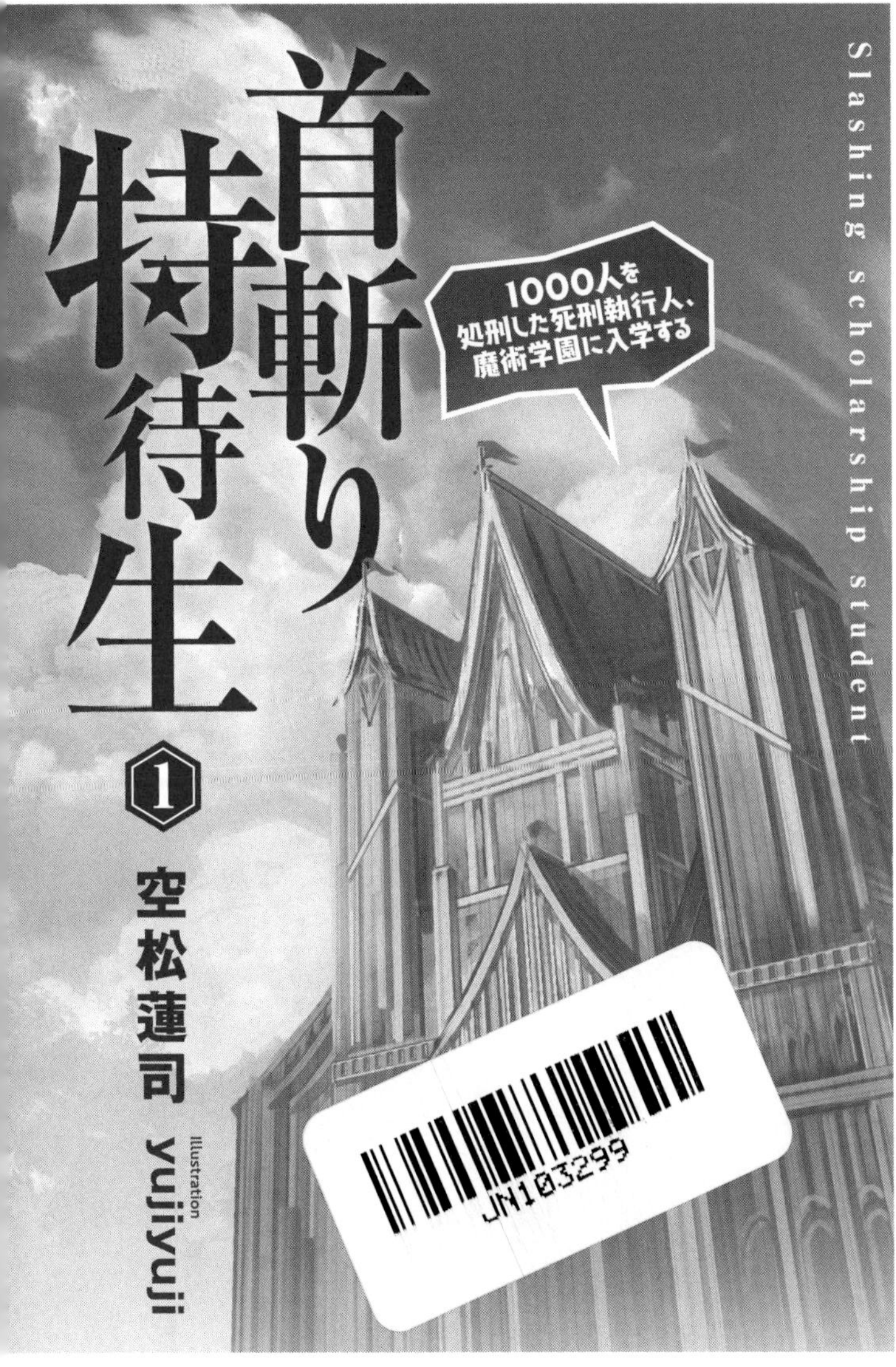
首斬り特待生
1000人を処刑した死刑執行人、魔術学園に入学する
Slashing scholarship student
1
空松蓮司
Illustration yujiyuji

Slashing scholarship student

プロローグ　恋人を処刑した日

問題：人間の首を斬り落とすのは簡単でしょうか。ＹＥＳ or ＮＯ？
使用する武器は大剣か斧、好きな方を選んでくれ。イメージする肉体は中肉《ちゅうにく》中背《ちゅうぜい》の成人男性だ。

……答えは出ただろうか？


正解はＮＯだ。

人間の首を斬り落とすのは容易ではない。

もっと言えば、人間の骨を斬ることは容易ではない。

人の骨は鉄と同等、もしくはそれ以上に硬いのだ。しかも、骨の他にも首には皮があり肉があり血がある。これらを全て一度に斬ることが容易なはずがないのだ。

ジャック＝トロッチという悪名高き処刑人が存在する。

ジャックの手際はそれはそれは酷かったらしく、斬首に何度も失敗し、受刑者をのたうち回らせた。ただ、ジャックを一方的に責めることもできない。先の説明通り、斬首とはそう簡単なモノではないのだ。ジャックは何度も斧を振り下ろしたのにも拘《かか》わらず、首を斬れなかった。ジャックの悪名が処刑の難しさを物語《ものがた》っている。

なにが言いたいかというと、人の首を綺麗に斬り落とすには技術が要《い》るということだ。技術だけでなく、もちろん、肉体・精神の強さも求められる。

重い重い大剣を振り回すだけの腕力。大剣に振り回されないほどの屈強な下半身。

対象の急所・状態を見極める眼力。首をピンポイントで抉る精密性。

そして、誰が相手でも心を乱さない、精神力――例え相手が、最愛の人であっても、迷いなく殺せるだけの無我の精神。

体も心も常人からかけ離れた時、首斬り執行人は完成する。

つまるところ、僕は今日この日、執行人として完成したのだ。

◆

「間違っている」

大衆が囲う処刑台の上で膝を付く。

僕の名はシャルル。

齢《よわい》14歳で１０００を超える首を斬り落とした処刑人《おとこ》だ。

「……こんなものは間違っている」

処刑台の上を転げまわる生首を見て、僕は呟く。

パチパチと拍手が耳に入る。

罪人が死んだことを讃える拍手だ。今の僕にとって拍手の音は、蝿の羽音よりも耳ざわりだった。


——よくやったぞ執行人！

——邪教徒め！

——死んで当然だ！

拍手の隙間に挟み込まれる民衆の声。
彼女を苛《さいな》む声、自分を讃える声、そのなにもかもが、ひたすらにうるさかった。
僕が今、処刑した女性の名前はアンリ＝サンソンという。
彼女の笑顔は眩しくて、
美しくて、
彼女が笑うだけで、世界は楽しいものだと思えたんだ。
そんな彼女を、僕は自《みずか》らの手で、処刑した。
『シャルル。大好きだよ』
処刑される前に、彼女はそう言った。

「僕も、君のことが大好きだった……アンリ」
暑い暑い夏の頃、
真っ赤な空の下で、
僕は愛する人を殺した。

どうして、彼女は死ななくてはいけなかったのか。
その答えを、ずっと探している。

第一章　最後の処刑

僕の住む街ランヴェルグでは、重罪人は公開処刑することに決まっている。

大衆の面前で罪人の首を斬り落とすことで、罪人を辱《はずかし》めているわけだ。ただ殺すだけではなく、無様に首を転げ落とす姿を晒《さら》させることで断罪を終える。一種のショーのようなものだと考えてくれていい。

ハッキリ言って趣味が悪い。

例え罪人だとしても、人が死ぬ姿を見てなにが楽しいというのか。僕には疑問で仕方が無かった。ま、その悪趣味なショーで処刑人《ピエロ》をやっているのは僕なんだけどな。

小屋に一つしかない窓から外を眺める。

こんな悪臭まみれの街にも綺麗な雪が降るもんで、白い雪がよく積もる。

今日で死刑執行人になってから6年が経つか。

彼女をこの手で殺してから——もう半年が過ぎた。

暖房一つない小屋の中、ゴミ捨て場からかき集めた布団で体を包んでいると、重い足音が耳に飛び込んできた。音はどんどん近づいてきて、ドアが勢いよく開かれる。

顔を上げずとも誰が入ってきたかはわかっていた。

「テメェ、いつまで仕事をサボる気だぁ!!」

僕を買ったご主人様だ。ブタのように肥えている。

土の床を踏み鳴らし、ご主人様は近づいてくる。体に刻まれた恐怖が警鐘を鳴らす。

慌てて立ち上がり、背筋をピンと張る。

「ご主人様――」

ご主人様は喉を潰す勢いで僕の胸倉を掴んできた。

「かはっ」

呼吸を一瞬止められた。

ご主人様はそのまま僕を小屋の外へと投げ出した。

飛ばされた後、地面に拳を当て、綺麗に受け身を取る。僕が受け身を取ったのが気に食わなかったのか、ご主人様は立ち上がった僕の腹部を殴ってきた。

「つっ!!」

ご主人様の右拳が僕の腹筋にめり込む。

痛みに悶《もだ》え、膝を地面に付けると、顔面に蹴りを入れられた。勢いよく体が後ろに折れる。

「いっ!?」

後頭部に激痛が走った。後頭部を雪の塊に打ち付けたようだ。

雪はカチコチに固まっていた。固まった雪は、岩のように硬かった。たんこぶ確定だな。

「死刑囚がもう何十人も溜まってるんだぞ！　テメェがやらねぇで誰がやるってんだ!!」

必死の形相で僕を蹴るこの男はジャン＝サンソン。

サンソン家は代々処刑人の家系で、ご主人様も処刑人だったのだが、首斬りの仕事に心が耐え切れず、奴隷である僕を買って以来ずっと僕に死刑執行人をやらせていたのだ。

それで、僕がここ数ヶ月処刑をサボっているから怒っているわけだ。

「申し訳ございません。体調が、悪くて……えへへ」

いつもの媚びた笑顔を作る。

天然でドジっ子で笑顔が素敵な少年、それが僕の上っ面だ。

声を高くして、笑って、怒鳴り声が止むのを待つ。

ご主人様は舌打ちし、もう2、3発僕を殴ったあとに唾を吐き捨てる。

「明日は絶対に仕事しろよ！　もし明日処刑台に来なかったら……真冬の川に投げ捨てるからな!!」

ご主人様は踵《きびす》を返し、屋敷に戻っていった。

やれやれ、ようやく終わったか。

「……真冬の川は嫌だな」

いよいよ誤魔化せなくなってきた。

もう、処刑人の仕事は嫌だ。だけど、処刑人の仕事をしなくちゃここにはいられない。

覚悟を決めなくてはいけないか。

◆

冬に家出をするのは馬鹿である。

つまり、僕は馬鹿だ。

昔、ご主人様の部屋からくすねたコートを羽織り、いつ買ったか覚えてないパンと処刑に使う大剣を持って、家出してしまった。

金？　当然ないとも。

無一文だ。

包帯でグルグル巻きにして背負ってきた大剣に視線を送る。

護身用に持ってきた大剣だけど、どっかでコイツを売って金にしようか。

たしか聞いた話だと、この処刑用の大剣はそれなりに価値のあるモノらしい。

足の付かないところまで出たら売っぱらってしまおう。

「寒い……」

自分は思慮が深い方だと思う。

そんな僕がこんな無計画に家出をしたのだ。

なにかがおかしい。

「そうか……」

自分の知らない街並みまで出てきて、ようやく気付いた。

――ああ、僕、死にたいんだな……。

思えば希望の無い人生だった。

7歳の時、賭け事に酔った両親に売られた。

8歳になる頃、代々死刑執行人の家系であるサンソン家の当主に買われた。

それから14になるまでに、1000人以上の罪人を裁いた。たった6年の間にこれだけの罪人が出てきた理由は6年前に終結した革命戦争である。現帝国に異議を唱えた革命軍が戦争を起こし、結果、革命軍は敗北。大量の革命家が僕の処刑台に運ばれた。……いい迷惑だ。

ひたすらに大剣を振り下ろし、人の命を奪う日々。

それも、もう終わりだ。

今日で僕の命は終わりを迎えるだろう。

冷えた空気と雪に包まれて、体温を搾り取られて、人形のようになって朽ちていく。

別にいいさ。これで、こんな酷《ひど》くつまらない世界から解放される。


――バチン！


「きゃ!?」

肩になにかがぶつかってきた。

振り返ると、僕と同年代ほどの少女が雪の上に尻もちをついている。

綺麗な人だ。

吊り気味な薄紫の瞳、
絵の具で描いたような綺麗な赤い長髪は否応にも視線を惹きつける。

身に着けた衣服はどれも煌《きら》びやかで、
僕のような奴隷とは、０から１００まで違うような高貴な女性だった。

「……大丈夫ですか？」

いつもの作り笑顔で聞くと、少女はキッと睨み返してきた。

「どこ見て歩いてるの!?　気を付けなさい!!」

……。

状況を整理しよう。

僕は緩やかな足取りで、のんびりと街道を歩いていた。

歩道を、ゆっくりとだ。僕に落ち度があるとすれば、足音に気づかなかったことぐらいかな。

一方、彼女は勢いよく後ろから僕にぶつかってきた。

曲がり角が近くにあるわけでもない。

前を見て走っていれば、僕を避《よ》けることなんて造作もなかったはずである。

つまり、あっちが悪い。疑いの余地なく。

「ったく、下民が。邪魔しないでよ！」

「げ、下民……」

少女は走って去ってしまった。

下民。僕の恰好《かっこう》を見て言ったのだろうか。

元は上等なコートのはずだ。けど、ずっと放置してたからボロボロになっている。見てくれはたしかに貧乏人、というかホームレスっぽいかな（っていうか今はホームレスか）。

まったく、死ぬ前に嫌な奴に会った。どれだけ美人でも、ああも口が悪いと台無しだ。

「ん？」

雪の上に、なにかが落ちている。

封筒だ。

拾って中を探ると、２枚の紙が入っていた。

「手紙……？」

まず手に付いた1枚目の中身を読んでみる。

『拝啓、ヒマリ＝ランファー殿
この度は本校へのご応募、誠にありがとうございました。

厳正なる書類選考の結果、貴殿は書類選考通過となりました。

つきましては、実技試験へ進んでいただきます。

日時は１９４０年2月1日。

試験会場の住所・地図は裏面にてご案内いたします。
なお、同封しております受験票をお忘れなく、お持ちください。
魔術学園ユンフェルノダーツ
副校長レフィル＝ハルマン』

僕の目はある一点に向かっていた。それは手紙に書かれた学園の名前だ。

「ユンフェルノダーツ!?　あの名門校の!?」

僕は魔術学園について詳しくもないし、知りたいとも思っていない。興味が無い。

そんな僕でも、手紙に書かれていた魔術学園をよく知っている。

魔導汽車、魔導ラジオ、魔導銃。

あらゆる便利なアイテムに魔導が付く現代は間違いなく魔術全盛期だった。

魔術全盛期、言い換えれば魔術師全盛期である。

魔術師が人気トップの職業となれば、当然のこと、彼らを育てる機関に人が集まる。

そう、世はまさに魔術学園全盛期である。

そんな中、１つの魔術学園が人気トップを独走している。

それが魔術学園〈ユンフェルノダーツ〉。

多くの英雄を輩出しており、敷地面積・設備の充実度・人口、すべてにおいてナンバーワン。

多くの若者がそこに行くために死ぬ気で勉強している。僕の住んでいた街の若者たちも〈ユンフ

〈ユンフェルノダーツ〉に受かるために努力し、儚《はかな》く散っていた。

魔術学園にあまり興味のない僕が、これだけ知っている。それほどに、〈ユンフェルノダーツ〉という魔術学園は有名なのだ。僕には縁遠すぎる場所だな。

　２枚目の紙は受験票。

これがないと受験できないだろうな。

落としたのは、まぁ、さっきのぶつかってきた少女だろう。

届ける気はない。

あの女の態度を見て、彼女のために動きたいと思えるほど、僕は善人じゃない。

——と、いつもの僕ならそう思い、見捨てていただろう。

「運のいい女だ……」

今日は特別だ。

なんせ死ぬ寸前だからな。

最後に善行して、神様に媚を売っておこうか。そう思ってしまった。

「場所は……」

裏面の地図を見る。

「遠くないな」

土地勘のない街だけど、地図を見れば大方の位置はわかる。

白く染まる街を歩き、僕は試験会場に向かった。

◆

地図に記された会場の場所に到着して、目を疑った。

そこにあったのはレンガの壁と、壁に飾られた1枚の絵画のみ。絵画に描かれるは真っ白な雪景を背景にした城だ。

「ここだよな……あれ、でも試験会場なんてどこにも……」

場所を間違えたのか。仕方ない、街の人に地図を見せてみよう。そう思って引き返そうとすると、

「ほ、本当に鞄に入れて持ってきたはずなんです！」

声が聞こえた。女性の声、さっき僕にぶつかってきた女性の声だ。

不思議なのは、声が聞こえた場所だ。気のせいじゃ無ければ、絵の中から声が聞こえた。

「どういうことだ?」

絵を覗き込むように見る。すると、絵に描かれた城門の前に、人影が2つ見えた。

人影は真っ黒で、よく見えない。

「そう言われてもね……受験票がないと試験を受けさせるわけには……」

また聞こえた。間違いない。絵の中から聞こえた！

「一体どうなって――」

僕は絵に手を伸ばす。右手が絵にぶつかると、体から重さが消えた。

「え、うわぁ!?」

絵の中に、体が吸い込まれた。

恐れから閉じた瞼をパチパチと開くと、絵と同じ城が、目の前にあった。

後ろを振り返るとまたレンガの壁と壁に貼り付けられた絵がある。だが絵はさっきのものと違い、街はずれのゴミ捨て場が描かれている。

そのゴミ捨て場はさっきまで僕の後ろにあったものだ。

「魔術……なのか。もしかしてここは、さっきの絵の中の世界?」

改めて城を見る。

雪に彩られた巨大な城は幻想的な美しさを纏《まと》っていた。建物に圧倒されるのは初めての経験だった。

ここが試験会場……さ、さすが魔術師の学校、試験会場からして常識外れだ。

門の前で口論する2人を見つける。

片方はマントを着た大人の女性。恐らく魔術学園の試験官だろう。なぜか頭上に鼠《ねずみ》を乗せている。

もう片方は少女だ。あの気の強そうな突っ張った眉毛、間違いない。さっき僕にぶつかってきたヒマリ＝ランファー様だ。

「すみません」

僕は2人の話に割り込む。ヒマリはこっちを睨《にら》みつけ、

「ちょっと!　いま私が話してるの!　横入りしないで——あなた、さっきぶつかってきた下民

……」

ぶつかってきたのはお前だ。

「これ、落とし物です」

ヒマリは受験票を見て、「え!?」と声を跳ねさせた。

「私の受験票!?　そっか、さっきあなたにぶつかったせいで落としたのね！　返しなさい！」

ヒマリは僕の手から受験票と封筒を奪い取った。

「これで大丈夫ですよね？」

「あ、うん。入っていいよ」

一切の感謝の言葉もなく、ヒマリは城の中に入っていった。試験官から同情の視線を送られる。

クソ、持ってくるんじゃなかった。

「君も受験生？」

首を横に振る。

「違います。ただ落とし物を届けに来ただけです」

「そうなの？　でも魔術師だよね？　ここは魔術が使えない者は入れない結界だよ」

結界――この隔離空間は結界と呼ぶのか。

「1つだけ魔術が使えます。でも魔術師ではありません」

サンソン家の死刑執行人に代々伝えられる秘術がある。それは一応、魔術と呼べるのだが、だからと言って僕が魔術師かと問われると違うと感じる。

「魔術が使えるなら魔術師じゃないのかな。どっちにせよ、受験生じゃないみたいだね」

ずず、と試験官の人は鼻をすすった。

「ううっ、寒いよぉ……なんでわざわざ結界内の設定を冬にするかなぁ。ハルマン、ハルマン副校長は……」

ハルマン副校長という名には覚えがある。さっきの手紙にその名があった。

ハルマン副校長とやらに恨み言を吐き、試験官の女性は頭に乗せた鼠を手のひらに移した。

「【ティアクライス・シャーフ】」

試験官の女性が呪文と思《おぼ》しき文言を並べると、鼠を中心に閃光が走った。閃光に瞳孔を刺激され、瞬きすると、鼠が変化しモコモコの毛並みを羽織った羊が目の前に居た。女性は羊に抱き着き、ぬくもりを噛みしめている。

「ね、鼠が羊になった……！」

「あったかーい！」

これも魔術。動物を別の動物に変える魔術か。これ以上、この不思議空間にいると頭がおかしくなりそうだ。心なしかクラクラしてきた。

「気を付けて帰ってね。今日は冷え冷えだから～」

笑顔を作って女性は言ってくる。

「はい。では、失礼します」

踵を返し、来た道を戻ろうとする。

その時――

「あ、れ？」

視界が真っ白になった。

顔全体が冷たいのに、頭の中は熱い。

「ちょ、君！　大丈夫!?」

どうやら転んでしまったようだ。

あれ、おかしいな。起き上がろうにも力が入らない。

駄目だ、意識が……目の前が、今度は真っ暗に――

◆

目が覚めると、白い天井があった。

体を包む感触で、自分がベッドの上に居ることはわかった。

「目が覚めたのね」

艶やかなお姉さんの声が聞こえた。

声の方を向くと、白衣を着た女性が立っていた。

声の印象とは真逆の、ちびっこい女性だ。幼女と呼ぶべきか、少女と呼ぶべきか、悩むぐらいの低身長童顔の女性である。

顔はやつれていて、目元には隈《くま》がある。

気だるそうに彼女は歩み寄ってくる。

「もう起きれるでしょ？　ていうか起きてね。邪魔だから。部外者に割《さ》くスペースはないの。言ってる意味わかるかしら。早くベッドをあけてくれる？」

雪の上に倒れて、さっきの試験官に医務室に運ばれたのだろう。

僕は受験生じゃないから、部外者である。だとしても、もう少し優しい言葉をかけてほしいものだ。

「なんてね。冗談よ。熱が引くまでのんびりしていきなさい」

ダボダボの白衣のポケットに手を突っ込み、彼女は微笑む。

「あなたは……？」

「私は〈ユンフェルノダーツ〉の保健医よ」

僕はベッドから降りて、壁に掛けてあるコートを着る。

「耳が悪いの？　私は熱が引くまでおとなしくしていなさいと言ったんだけど」

「あ、いえ。もう大丈夫です。熱は引いたと思います」

包帯でグルグル巻きにされた大剣を拾い、左肩の上と右わき下から包帯を通して胸元で結ぶ。

「そんなわけないでしょ。さっきまで凄い高熱で……」

保健医は僕の血色のいい顔を見て、言葉を止める。

保健医は木椅子に乗って、背伸びし、僕の額に右手を当てた。

「ホントだ……平熱になってる」

寒空の下、調教されることは珍しくなかった。そうなれば、当然風邪を引く。

風邪を引いたとして、ご主人様が病院に連れて行ってくれるわけもない。だから自分で治すしかなかった。薬を手に入れる金は無かったから根性療法だ。度重なる風邪を乗り越えた僕の自然回復力は相当なモノだと自負している。風邪を引きやすい体質は変わらなかったけど。

「お世話になりました。失礼します」

「そうね。その調子なら大丈夫だと思うけど、おかしい。さっきまで本当に高熱だったのに」

これ以上迷惑はかけまいと、医務室から出る。

広い通路、道は右と左の2通り。どっちが出口への道かわからない。

開けたドアを閉めず、医務室に戻る。

「すみません、出口は右と左、どちらでしょうか？」

「出口？　あぁ、それなら右を行って――」

保健医はクスっと笑う。

「……左よ。左にまっすぐ行って、突き当りを右」

なんだろう。

含みのある笑い方だったな。

「わかりました。ありがとうございました」

言われた通り左に行って、突き当りを右に行く。

「……ここで合っているのか？」

両開きドアに行きついた。それも鉄製だ。

ここを開けけば外に出れるはずだけど、なんか、ザワザワした声が扉の向こうから聞こえる。

さっきの保健医が嘘を言うはずもないし、僕は扉を開けた。

扉の先は外では無かった。正面にステージが見える。ここは屋根付きの闘技場だろうか。ステージの周りには観客席も見える。

ステージの上には黒マントを羽織った男性が居た。こけた頬、油を沁み込ませたような、潤いすぎている長い黒髪。蛇のような目つきは威圧感がある。しめた、あの人に改めて道を尋ねよう。

僕はステージの上に足を踏み入れた。

「すみません、出口はど――」

「来たかね。受験番号０２２、ラ、ン、ト＝テ、イ、ラ、ー、君。早速、試験を始めさせてもらう」

「え」

「私は実技試験を担当する魔獣使いのガラドゥーンだ。君の相手は私の使い魔がする」

ステージの上から周囲を見渡す。

観客席には険しい顔をした大人がぽつぽつと居る。そして、ガラドゥーンと名乗った男性の遥か後方には――首輪を付けられた三つ首の獣が居た。

あの獣の名は知っている。

魔獣、ケルベロス……！

「試験時間は５分。ステージの上でケルベロス相手にどれだけ逃げられるかを見る試験だ。もちろん、倒す必要はない。君が戦闘不能になったらその時点で試験は終了だ」

「ま、待ってください！　僕は――」

「恐れることはない。いくら怪我してもすぐに治癒できる用意はある。思う存分、力を発揮するといい」

「話を聞け！」

いつの間にか、ガラドゥーン試験官はステージの外に移動していた。

瞬間移動……というやつか。

「それでは、実技試験スタートだ！」

「なっ!?」

首輪が外され、ケルベロスがステージの上にあがる。

ふざけるな！　どうして僕がこんな化物の相手をしなくちゃならない！

早く逃げ――

「**オオオオオオオオオォォォォォンッッ！！！！**」

「……ッ!?」

突風の如き突進。

僕は背中の大剣を両手で握り、自分の体躯《たいく》の何倍もある巨体を剣身で受けた。

「こ、のッ！」

態勢を整える前に受けたせいで、力を受け止めきれない！

ケルベロスの頭突きは容易《たやす》く僕を突き飛ばした。

ステージの端まで転がる。叩き飛ばされた大剣はすぐ目の前に着地した。

「なんだ、もう終わりか」

「話になりませんな」

「やれやれ……」

「あれ？　ラント＝テイラーはあんな白髪の子だったか？」

お疲れ様ムードの会場。葉巻を咥《くわ》えた女性だけが僕を訝《いぶか》し気に見ている。

目の前には、勝った気で吠えるケルベロス。

「はぁ、まったく、なんにもうまくいかない……！」

腹が立つ。

ムカつく。

どうして僕は、毎度毎度理不尽に晒されるのだろうか。神様は僕になにか恨みでもあるのだろうか。

脳天から流れる血の川が鼻の上を通っていく。

「両親には売られて、売られた先では死刑執行人をやらされて、恋人を斬り殺すはめになって……挙句の果てにはケルベロスの相手か。――ふざけるなよ、くそったれ……！」

あぁ、ほんっとに、イラついてきた……！

「**オオオォン！　オォォォォォンッッ!!**」

「おい」

重い声色で呟くと、ケルベロスが目を合わせてきた。

僕の瞳の奥になにを見たのかわからないが、ケルベロスは焦った様子で距離を取った。

「……調子に乗るなよ」

どうせ今日死ぬ予定だったから、このままやられてもいいやと思いもしたが、気が変わった。

「子犬風情が」

いいだろう。生涯最後の処刑だ。

立ち上がり、ステージに突き刺さった大剣を右手で握りしめる。

左手で包帯の端をつまみ上げ、包帯を解いていく。

黒真珠の如き光沢を放つ剣肌が晒される。

首斬り処刑の前には、小さな儀式をしなくてはならない。

自分が斬り殺した罪人の魂が、きちんとあの世で罪を償えるように――祈るのだ。

「罪深き魂に、無慈悲の洗礼を。罪なき魂に、無為なる祝福を」

両手で大剣の柄を握る。

魔力を込める。

それは、祈りの魔術。

「洗礼術【テロスバプティスマ】……！」

代々サンソン家の死刑執行人には1つの魔術が伝授される。

それがコレだ。罪人の魂を浄化する、洗礼の業。退魔の光――――！

「なんと……！　アレは!?」

左前腕で大剣の剣肌を擦る。

擦った跡には呪符と魔法陣が刻み込まれ、赤色の亀裂が走る。

大剣に白光の膜が張る。

「うおおおおっ！！！」

大剣を地面から引っこ抜き、両手で構える。

これが、僕の武器。

「大剣の色が変わった!?」

「あの白光……アレは間違いなく――洗礼術……!?」

さすが名門校の魔術師、知ってるか。

教師たちは皆驚くが、このケルベロスの飼い主であるガラドゥーンだけは冷たい瞳で僕を見ていた。

「闇の魔術にのみ効く力。罪過を祓《はら》う、浄化の魔術……その力は闇魔術により召喚された魔獣にも当然効く。――古代より処刑人の家系に伝えられる秘術だな」

葉巻を上下に揺らしながら、客席に座る女性が言った。

洗礼術。

呪符と魔法陣を刻んだ物体に洗礼の力を宿す術だ。洗礼術の対象は魔獣や邪教徒といった邪悪なる存在。もちろん、ケルベロスにも効くはず。

ギロチンがある世の中で、僕の居た街が大剣による首斬り断頭にこだわっていたのは、この洗礼剣で断頭した者の魂は浄化されると言われていたからだ。実際、洗礼剣で断頭したからと言って魂が浄化されるかは知らない。まぁ、そうであってほしいとは願っているが……。

「馬鹿な！　受験生が使えるレベルの術じゃないぞ！」

「ラントの得意魔術は縫合魔術では無かったのか⁉」

「やっぱり、あの子……違うな」

なにやら観客席が騒ぎ出したが、どうでもいい。

この胸の内に溜まった鬱憤《うっぷん》、お前で発散させてもらうぞ。地獄の番犬……！

「ここが処刑台だ。来い。その首、斬り落としてくれる……！」

「**ガアアアッ！！！**」

威嚇と同時に向かってくるケルベロス。

両脚に力を溜める。ケルベロスが間合いに入った瞬間、跳躍し、すれ違いざまに右の首を斬る。

ケルベロスの首は容易く斬り離せた。洗礼術はきちんと効いているようだ。

「**ガァ⁉**」

「まず1つ……」

落下と同時に、左の首を上空から叩き斬る。

「2つ‼」

最後の首を断頭しようとしたら、ケルベロスが大きく口を開けた。

ケルベロスの噛みつき攻撃。これをケルベロスの体の下に滑り込み回避する。回避ついでに、ケルベルスの胴体を下から串刺しにした。

「ケルベロスと互角の身体能力!?」

客席の誰かがそう叫んだ。

「ちっ」

ケルベロスめ。筋肉と骨で大剣を締め止めたな。

大剣が抜けない。面倒なことをしてくれる。

「**グギギ！**」

ケルベロスは口の両端を吊り上げた。

「調子に乗るなと言ったはずだぞ。首を断《た》つ方法は剣で斬り落とすのみじゃない」

大剣は突き刺したままに、両手を柄から離し、
ケルベロスの右前足をスライディング気味に蹴り飛ばす。

「**ガッ!?**」

ケルベロスはバランスを崩し転倒。

僕は右脇に、ケルベロスの最後の首を挟み込んだ。

「ちょっと、あの子、なにをする気!?」

「待ちたまえ君！」

「嫌だね。黙って見ていろ。処刑中《しごとちゅう》だ……！」

倒れたケルベロスの最後の首を両手で摑み、ねじりながら引っ張る。

「せーのっ！」

骨が軋《きし》み、折れ、
肉が裂け、
血が搾り上げられる音が響く。

雑巾《ぞうきん》を絞るように、首を絞り切る。

「……3つ」

黒い血が噴水の如く吹き上げ、ステージ上にばら撒かれる。

ケルベロスの最後の首はねじり切った。

これで、処刑終了だ。

啞然とする試験官たち。

シーン……と、会場内に静寂が訪れる。

「失礼します！」

静寂の中を破って来たのはバンダナを頭に巻いた男子。

バンダナ男子は頭を下げ、大声を出す。

「受験番号022！　ラント＝テイラーです!!　よろしくお願いします――って、アレ?」

おっと、本物のラント君の御登場だ。

ラントは頭を上げ、ケルベロスの死体を確認し、頭の上に大量のハテナマークを作った。

「えぇっと、何事っすか？」

試験官たちは『こっちが聞きたい』と言いたげな顔をした。

面倒なことになったな。けど、いいストレス発散になった。

「すみません。僕は受験生じゃないです」

いつも通り、作った笑顔を浮かべる。

試験官たちは視線を一点に集めた。僕ではない。試験官の中でも偉そうにしている、葉巻を咥えた女性に視線を集めた。

女性は楽し気に笑って、事態を収拾しようと口を開く。

「とりあえず、外で話そうか。白髪ポニテのボク」

◆

なんというか、妙な展開になったな。

雪の降る路地。結界の外。ゴミ捨て場の前で葉巻を咥えた女性と1対1だ。

女性はゴミ捨て場に捨ててある着せ替え人形を手に取った。

「子供の頃さ、ゴミ捨て場に捨ててあった首のもげた人形に恋しちゃったんだよね。スクラップフェチってやつ？　それからと言うもの、私は壊れた玩具が大好きになってしまった。壊れた玩具を直してピッカピカにした瞬間に生きがいを感じている」

女性の手にある人形はボロボロで、右腕の部分に酷い傷がある。

「……わざわざ試験会場に足を運んでよかった。初恋を思い出せたからね」

女性は人形の右腕に向かって30センチほどの長さの杖を振った。杖から飛び出た緑の光は、人形に衝突する。気づいた時には人形の右腕は治っていた。

女性は人形を懐に入れて、僕に目線を向けた。

「――首のない人形だ」

その言葉が自分に向いていることはわかった。正直、苛立ちを覚えたが包み隠す。

また、いつも通りの笑顔を作り、建前を作る。

「あはは……随分と変わった人ですね」

「早々にその気色の悪い笑顔《仮面》を外してくれると助かる。実に不愉快だ」

ふーっと煙を吐き、女性は突き刺す様に言い放った。

さすがは教育機関に属するだけはある。

僕の建前なんてお見通しか。

「気色悪いとは失敬な人だ。作り笑いの1つぐらい、誰だってするでしょう」

笑わず、声を高くせず、
無表情で、抑揚のない声で言う。

「……良い表情だ」

無表情を『良い表情』だと言う人間を初めて見た。

「自己紹介が遅れたね。私は〈ユンフェルノダーツ〉、副校長のレフィル＝ハルマンだ」

「副校長……ハルマン――」

ヒマリ＝ランファーが落とした手紙に、彼女の名前があった。さっき出会った女性試験官も彼女の名を口にしていたな。

超名門校の副校長。なるほど、どうやら地位に見合った曲者《くせもの》のようだ。雰囲気がさっきの会場に居た誰よりも異質だ。子供のような無邪気さと、人形のような無機質さを感じる。

「君の名前は？」

「……シャルル」

「出身は？」

「〈ランヴェルグ〉です」

「歳は？」

「14です。もうすぐ誕生日がきて15になりますが」

「うん、やっぱり、私が想像する人物と相違ない」

ハルマン副校長は口角を上げる。

薄気味悪い笑顔だ。

「〈ランヴェルグ〉出身、そして14歳で洗礼術の使い手。千の頭《こうべ》を狩りし執行者、サンソン家の名も無き奴隷……それが君だろう？」

「副校長殿に知られるほど、有名人だと思いませんでした」

「才能ある若者は全てチェック済みさ。ただ、君については深く調査できていなくてね。我々が君に接触するのを誰かに阻まれていたんだ」

犯人は恐らくご主人様だろう。あの人は僕を雑に扱いながらも、何よりも手放したくないと願っていた。僕が居なくなると自分が処刑人をしなくてはならないからだ。

「いずれ君の所へ行こうと思っていた、手間が省けてよかったよ。まどろっこしい話はなしだ。単刀直入に聞かせてもらう」

白い雪に、葉巻の灰を落とし、ハルマン副校長は僕の目を見る。

「我が校へ来る気はないかい？　首斬り執行人」

「僕が、魔術学園に……？」

僕の立場を知ってて言っているのか？　この女は。

「逆に聞きます。僕を〈ユンフェルノダーツ〉へ入れることは可能なのですか？」

「と、言うと？」

「僕には金がありません、学費なんて到底払えない。身分は奴隷、高尚な学びの場に相応《ふさわ》しくないのでは？」

「本校は完全実力主義だ。身分など関係ない。学費についても心配はいらない。ウチには特待生制度という便利なモノがあってね」

「特待生？」

「年に3人、受験生から優秀な人間を選抜して特別待遇で迎え入れるのさ。特別待遇の中には学費の免除というものもある」

「僕が優秀な人間ですか」

「そうだなぁ、魔術の熟練度とか、知識量で言うなら君はむしろ最下位！　びりっけつだろうね。けど」

ハルマン副校長はまた薄気味悪い笑顔をする。

「もしも、受験生同士で殺し合いをさせたら、君は間違いなく最後の3人まで生き残る」

「それは『優秀』ですか？」

「私にとっては『優秀』さ。さっきの対ケルベロス戦での君は凄まじかったよ。まさに処刑人って感じだった」

さっきの僕の戦いぶりを見れば、大半の人間は引くだろう。

だが、この女は違う。嬉しそうにしている。

ケルベロスを倒した時も他の教師が青ざめている中、彼女だけは愉快気にしていた。

やっぱり変だな。この女。

「で、答えはどうなんだい？　我が学園への無料切符、これで君を買おう。私に買われる気はあるかい？　執行人」

「……」

今日、死ぬはずだったんだけどな。

魔術学園――

そこに行けば、なにかが変わるのだろうか。

そこに行けば、あの、馬鹿みたいな夢も叶うのだろうか。

「僕には、1つだけ夢があります。とっくに諦めていた夢です。その夢は、魔術学園に入れば叶うのか教えてください」

「夢？　興味深いね。夢を抱くような人間だとは思ってなかった」

「……とある相手を殺したいんです」

僕の発言に、ハルマン副校長は初めて驚いたような表情をした。

「いきなり物騒だね。ま、一応、最後まで聞こうか。誰を殺したいんだい？　君を飼いならした『ご主人様』かな？」

「あんな小者はどうだっていい。僕が殺したいのは……」

少しだけ、ためらわれる。

なんせ、初めて他人に自分の夢を言うのだ。

とても、望まれない夢を。

「死刑です」

「はい？」

僕は小さく間を置いてはっきりと口にする。相手が聞き逃さないように。

「僕は、死刑を殺す力が欲しい。魔術学園に入れば手に入りますか？」

その言葉を受けて目の前の女性がどう反応するか頭の中で考えた。だが、彼女の反応は僕の頭の中で考えたどれとも違った。

ハルマン副校長は口を開き、こぼれそうになった葉巻を右手で支える。

「死刑を……殺す？　それって、死刑制度の撤廃《てっぱい》ってこと？　おいおい、頭おかしいんじゃないか？　それは、死刑制度支持派である現皇帝にたてつくと言うことだぞ？」

頭おかしい人に頭おかしいと言われた。

ちょっとショックだ。

「ふふ……ははははははっ！！！」

ハルマン副校長は腹を抱えて笑い出した。

顔に血が上る。話すんじゃなかった。

「いいねぇ!!　すっごく面白いよ！　ソレ!!」

「はぁ？」

「いやはや、どうやら私は君の事を大好きになってしまったらしい。その願いを叶えられるとは断言できない。けれど、1％にはなる。今のままじゃ、君の理想は叶わない。絶対にね。我が学園へ入り、学び、卒業できれば、1％にはなるさ」

「1％……」

「魔術が世に浸透し、全盛となった今、当然政治と魔術も大きな結びつきを得ている。魔術を身に着けることは死刑を殺すことへの第一歩と言っていい」

曖昧な返答に顔をしかめる。

ハルマン副校長は僕の表情を見て、「逸《はや》るな」と言葉を繋ぐ。

「君は〝聖堂魔術師《せいどうまじゅつし》〟というのを知ってるかい？」

「いいえ、聞いたことないです」

「〝聖堂魔術師〟は皇帝つきの魔術師のことだ。皇帝直属の親衛隊というやつさ」

「皇帝——！」

死刑を殺す上で、避けられない存在！

その直属の兵となれば、皇帝と直接会話する機会ができる。死刑を撤廃するよう、直談判できる。

「卒業時、学年でトップの成績を修め、且つ、校長と3人の副校長に推薦を受けた生徒は〝聖堂魔術師〟になれる、〝聖堂魔術師〟の権力はそこらの政治家より上だ。もしも〝聖堂魔術師〟になれれば……君の夢が叶う可能性は10％ぐらいにはなるかな」

〝聖堂魔術師〟、そこに至るまでの道のりが相当に険しいことはわかる。魔術に関して洗礼術以外の知識がない僕はスタートからして他の生徒よりも大幅に遅れている。『死刑を殺す』、この夢がはるか遠くにある事実は変わらない。学園に入ったとしても、すぐに落ちこぼれて無駄に時間を浪費するかもしれない。仕事を捨て、学園に行ったとして、その先で退学になったら路頭に迷うことは間違いなしだ。

「それにウチにはね、有力貴族の御曹司やら御令嬢やらがいっぱい居る。彼らと良好な関係を築ければさらに確率はあがる」

有力貴族。

そういえば、早速それっぽい奴には会ったな。

「ヒマリ＝ランファー。彼女も有力貴族ですか？」

「お、彼女を知ってるのかい？　そうだよ、彼女は大貴族ランファー家の次女……いや、今は長女か」

１％になる。

ただ卒業できれば０％が１％になるんだ。さらに〝聖堂魔術師〟になれれば10％……貴族の子供たちと関係を築ければさらに上昇する。

霞《かすみ》がかっていた夢が、はっきりと見えてくる。

「簡単な道ではないよ。学園を卒業するだけでも相当に難しいとだけは言っておこう。特に君はね」

変わらずはるか遠くにある夢だ。けれども、さっきまでと違ってそこに至るまでの道のりが見える。

なにを、なにを迷っているのだろう。

僕は恐れているのか、血に汚れた自分が清く正しい学び場に行くことに——

「奴隷め！！！　ようやく見つけたぞ！！！！」

聞き慣れた声に、思わず背筋を震わせる。

「ご、ご主人様……！」

雪の道に大きな足跡を作りながら、ご主人様はやってくる。

僕に近づくなり胸倉を引っ張り、連れて行こうとする。

「もう逃がさんぞ！　今から処刑台に直行だ。仕事をしてもらう！」

「ま、待ってください！　まだ、この人と話が……！」

「外部の人間との会話を許可した記憶はない！　奴隷は奴隷らしく、主人の言うことを聞け！」

助け舟を求めてハルマン副校長を見るも、
彼女はポケットに手を突っ込んで、静観を決め込んでいた。

「ここで決めなさい」

鋭い目つきが突き刺さる。

「処刑台に戻る道に行くか、処刑台を壊す道へ行くか、ここで決めなさい」

ここで……!?

そんな急に決められるものか。人生を左右する問題だぞ。

処刑台に戻るのは嫌だ。

処刑台を壊す道だって、正しいか決断できない。一生かけて、一歩も進めず終わるかもしれない。

無駄に時間を浪費するぐらいなら、とっとと死んで輪廻転生に希望を託す方が得策だ。

そうだ、死んでしまうのが一番、僕にとって楽な選択――

『シャルル』

彼女の声が、アンリの声が、聞こえた。

『大丈夫だよ。シャルル。大丈夫……』

いつも、僕が辛そうな顔をすると、決まってそう声を掛けてくれた。

そうだ、僕は許すわけにはいかない。

死刑なんてものが無ければ、アンリは今だって生きていたはずなんだ。

例えどれだけ険しい道のりでも、
僕は……死刑を許すわけにはいかない。

僕は足で踏ん張り、抵抗する。

「貴様……！」

「ご主人様。僕は処刑人です」

「ならば……！」

「僕には処刑しないといけない存在がいる。処刑台《あそこ》に戻る必要はない。僕が殺すべき存在は、そこにはいないのだから……！」

右拳を握る。

ふと、視界に入ったハルマン副校長は笑っていた。

ふん。いいさ、望み通りの展開にしてやる。

「さようなら」

「なっ――!?」

鼻っ柱をへし折る勢いで、拳を突き出した。

僕にとって、とてもとても大きな存在であったご主人様は、いとも簡単にぶっ飛んでしまった。

こんなにも、軽いとは思わなかった。

「覚悟はいいかい？　もう、後戻りはできないよ」

「あなたこそ覚悟はいいか？　この不良品、もう返品はできないぞ」

「はっはっは！　上等だ」

こうして、僕はハルマン副校長に買われた。

処刑人を辞めたつもりはない。

僕の最後の処刑は、ここから始まるのだ。

「僕は〝聖堂魔術師〟になる。そして、死刑を殺す」

「歓迎するよ、首斬り特待生」

そんなハルマン副校長の言葉が響くと共に、
雪が――止んだ。

第二章　シャルル＝アンリ・サンソン

「そうと決まれば物件探しだな！」

気絶したご主人様を近くの診療所に預けた後、ハルマン副校長の提案で不動産屋に行くことになった。

「入学式は２ヶ月後。この２ヶ月の間、君が暮らす場所を探す」

「それはわかりましたけど……不動産屋に行くんじゃないんですか？　ここ、明らかに不動産屋じゃないでしょう……」

目の前のどう見ても不動産屋じゃない店を指して言う。

看板のズレた店だ。埃《ほこり》だらけで、絵の具臭い。

右隣は空き家、左隣はヨボヨボのお婆ちゃんが経営する菓子屋。人通りの少ない場所だ。

「〝セケルの美術店〟。マイナーだけど良い絵がいっぱいある。私の行きつけの店だ」

「美術店……？」

「美術店っていうのは絵画を売っている場所さ」

「それは知ってます。あれ？　物件を探しに来たんですよね」

「そうだよ。早く入ろう」

「……話の通じない人だな」

ハルマン副校長は入店する。

話がかみ合わないまま、とりあえず僕はハルマン副校長の後ろをついて行った。

「いらっしゃい」

丸眼鏡を掛けた店主が新聞に目を落としたまま挨拶する。

美術店の中は外観から受けた印象と異なり、和やかで神秘的な雰囲気だった。カウンター台に置かれたオルゴールから美しい演奏が響き、心を落ち着かせる。壁にはズラリと絵画が並んでいる。置いてある椅子やらゴミ箱やら全てが趣向を凝らした芸術品で、意地でもありきたりな物を店内に置きたくないという意思表示が見える。

絵画を眺めて、ジャンルの偏りに気づいた。どれも家の絵ばっかりだ。

ハルマン副校長はチョコやアイスクリームで構築されたお菓子の家が描かれた絵画の前で止まり、「こんなのはどうだい？」と聞いてくる。

「お菓子の家だってさ。子供の時憧れなかったかい？　いや、君はこういうのに憧れるタイプじゃないか」

「あの……どうして絵画を見てるんですか？」

「物件を選ぶために決まってるだろう。私は絵の中の世界を結界として具現化できるんだ。適当な家の絵を選んで、具現化させて君を住まわせる。さっきの試験会場の結界も私が作ったんだ」

そういうことか。ようやく話がかみ合った。

「……菓子の家は嫌です。虫が集まってきそうだ。それに甘い匂いに囲まれたら気持ち悪くなります。あと溶ける」

「いーねー！　夢も希望もない意見だ。君の好きな家を選ぶといい。金は当然、私が出す」

「菓子の家じゃ無ければなんでもいいですよ」

豚小屋に比べたらどんな家でもましだろう。

「わかった。ではこれにしよう」

ハルマン副校長が選んだのは雲の上に浮かんだ一軒家だった。

僕はハルマン副校長の肩を摑んで止める。

「普通の家でいいんですよ！　普通の家で！　こんな家から一歩出たら即死するような家ではなくて！」

「なんでもいいって言ったのは君だろう？　あ！　あっちにあるやつもいいなぁ……手足が生えた城だ。きっと動くぞ！」

「……すみません。やっぱり自分で選びます」

僕は貴族が住んでいそうな豪邸を選んだ。ハルマン副校長は不服そうだ。

「つまらない家だ」

「住む場所に面白さは求めません」

店の外で、ハルマン副校長が会計を済ませるのを待つ。ハルマン副校長と合流し、美術店の隣の空き家に入る。

天井に蜘蛛の巣が張られた部屋でハルマン副校長は買った絵画を出し、呪文を唱える。

「【ヴィルクリヒカイト】」

絵画に魔法陣と呪符が刻まれる。すると絵画が歪み、水面のように揺らぎだした。

僕とハルマン副校長は絵画に手を伸ばす。すると体は絵画に吸い込まれ、気づいたら野原の上に立っていた。後ろにはさっきの空き家の内装が描かれた絵画が浮かんでおり、正面には豪邸がある。

「今日からここで、２ヶ月暮らしてもらうよ」

入学式は4月1日、今日は2月1日。入学まであと２ヶ月ある。

僕はハルマン副校長の魔術により作成された豪邸で２ヶ月の間過ごすことになった。暖炉のある部屋に入るのは初めてだ。包帯で巻かれた大剣を壁に立て掛け、ハルマン副校長の背中を見る。

「今さらですけど、副校長のあなたが試験を抜け出して良かったんですか？」

「きちんと引き継いできたから大丈夫さ」

特になにも言わずに出てきたように見えたけども。

「書類選考の時点で欲しい生徒はチェックを付けていた。彼らが実技でどれだけやらかそうと合格は揺るがない。私があそこに残る意味はない」

ベッドにテーブルに椅子にカーペット。とても魔術で作られた物とは思えない。触れるし、きちんと機能する。いくら魔術と言えどここまでの物を作るのは至難のはず。もしかして、ハルマンという魔術師は僕が思っているよりもかなり凄い人なのかもしれない。

しかし、豚小屋暮らしだった今までに比べたら、夢のような環境だな。

「君のようなド貧乏人にとっては夢のような環境だろう？」

「……失礼な人だな」

感謝する気持ちが一気に薄れた。

「早速で悪いけど、君にはテストを受けてもらう」

「テスト？」

「魔術練度テスト、魔術知識テスト、フィジカルテスト、メンタルテスト。計4つのテストだ。君の現段階の能力値を正確に測らせてくれ。新入生はみんなこのテストを受けなくてはならないんだ」

そんなわけで、僕はまず魔術練度テストを受けることになった。

「魔術練度テストは4種の所有魔術の熟練度を測るテスト。1種魔術を完璧に使えれば25点、4種完璧なら100点と言った感じだな。君は洗礼術しか使えないからどれだけ頑張っても25点だ。さっきの実技試験で魔術練度はわかっているからこれはパスでいいだろう」

「ちなみに何点ですか？」

「23点だ。最低でも千度は洗礼術を使ったのだからな、洗礼術の練度は素晴らしいものだったよ」

それでも23点。まだ2点分上があるのか。

「次にペーパーテストだけど……君、文字の読み書きはできるのか？」

僕は奴隷だ。文字を読めないと思われてもしかたない。実際に文字を読めない奴隷を見たことがあるし、言葉すら曖昧な奴隷を見たこともある。

「僕は奴隷になる前、６歳までは真っ当な教育を受けていました。それに死刑執行人になってからも――アンリという女の子が教えてくれましたから。その辺りは大丈夫です」

文字の読み書きはできる。けれど一般的な知識は同世代の人間と比べて少ないだろう。非魔術の知識も、魔術の知識も、他より劣っているはずだ。

案の定、魔術知識テストはほぼ勘で問題を解くしかなかった。結果、34点。

「まぁ予想通り魔術分野は壊滅的だな。しかし、ペーパーテストで34点も取るとは驚きだ」

「34点って、低いですよね？」

「君は魔術の知識が全《まった》くないと言っていい。そんな人間が、記述の多いこのテストで34点だぞ」

またハルマン副校長は薄気味悪い笑顔を浮かべる。

この女がこの表情をする時は毎度ゾワッとする。頬《ほ》っぺたを舐められてる気分になる。

「次にフィジカルテストだ。これは魔術抜きのテストだからハンデはないぞ」

「……フィジカルには自信があります」

握力テストでは測定器を壊し、反復横跳びでは残像を生んだ。

フィジカルテストが進むにつれ、ハルマン副校長の顔は引きつっていった。

「やれやれ、呆れた身体能力だ。８歳の時からあれほどの大剣を振り回し、人の首を斬り続ければそうなるか」

タオルで頬の汗を拭いながら、あの日々を思い出す。人を効率的に殺すための、訓練の日々を

「……僕がミスをすると、受刑者の人達は余計に苦しむことになる。だから、必死に鍛えましたよ。死刑がすんなりと進むために……」

僕が言うと、ハルマン副校長は哀れむような目をした。

「……悲しい優しさだな。とにかくフィジカルテストは100点だ。素の身体能力は間違いなく新入生の中で1位……いや、学園ナンバーワンかもね」

魔術練度23点、魔術知識34点、フィジカル100点。

あとはメンタルテストか。このテストが何の役に立つかは知らないが、良い点を取っておいて損はないはず。前2つが酷かった分、フィジカルとメンタルで挽回しないと。

「最後はメンタルテストだ。そのまま椅子に座っていてくれ」

ハルマン副校長が持ってきたのは包帯で巻かれた人間サイズの物体。

ハルマン副校長は包帯を剝いで、中身を晒す。それは、髪の毛が蛇のようになっている女性のミイラだった。

「これはメドゥーサの骸《むくろ》、そのレプリカだ。本物は目を合わせた存在を石にする魔術を持っていた。レプリカはそれの超絶劣化版、目を合わせた存在を硬直させるほどのプレッシャーを与える。恐怖、絶望、悲しみ。あらゆる負の感情を与えてくる」

「大体わかりました。どれだけ彼女と相対《あいたい》することができるか。それが最後のテストですね？」

「気丈な人間でも1時間、コイツと一緒の空間に居れば理性を失う。危険な代物だ。きつくなったらすぐに声を上げなさい。いいね？」

ハルマン副校長のやけに落ち着いた声色から、いかに危険な代物かわかる。

「わかりました」

「では始めるよ。私はコレ嫌いだから、魔術が発動したら別室に逃げる」

メドゥーサの瞼《まぶた》が、開いた。

「――ッ!?」

――『【死ね……死ね……！】』

――『【お前など、生きる価値はない！】』

――『【この世に希望などない。死んでしまえば楽になる】』

魂に巻き付く怨嗟の声。

まるで死ぬことが良いことに思える、言葉の数々。

視界が一気に狭まり、メドゥーサ以外が見えなくなった。

きっと、コイツは本来拷問に使われる類《たぐい》のものなのだろうな。

精神、魂、心に、釘を１本１本刺されていくような感覚だ。

だが――

「……慣れている」

死刑囚の絶望からにじみ出た罵詈《ばり》雑言《ぞうごん》に比べれば、

――こんなもの、所詮《しょせん》レプリカだ。

「3時間経過だ。終わりにしよう」

ハルマン副校長がメドゥーサの目に包帯を被せ、メンタルテストは終わった。

「100点だよ。文句の付けようがない。君のメンタル、普通じゃないよ」

「恋人の首を斬り落とした男ですよ？　真っ当なメンタルしてるわけないでしょ。あっはっは！」

「その笑いは怖いよ……」

◆

魔術練度テスト――23点
魔術知識テスト――34点
フィジカルテスト――100点
メンタルテスト――100点
現状の僕の実力はこんな感じだ。
「学園に入るにあたって、1つお願いがある」
「なんでしょうか」
「名前を考えておいてくれ。ラストネームだ。君はシャルルというファーストネームしか持ってないだろう。今すぐじゃなくていいから」
「それなら考えてあります」
僕は近くの丸テーブルに近づく。

テーブルの上にはペンとメモ帳があったので、ペンを使ってメモ帳の1ページ目に僕のフルネームを書いた。

　メモを切り取り、ハルマン副校長に手渡す。

「これでお願いします」

「……これで、本当にいいんだね？」

　ハルマン副校長は「変えられないよ？」と念を押す。

「はい。それで、お願いします」

「確かに承《うけたまわ》ったよ。〝シャルル＝アンリ・サンソン〟」

　僕の尊敬する人の名を、そのままもらった。

「さてと！　それじゃあ、君に初めての宿題を渡そう」

「宿題？」

　ハルマン副校長は小さな額縁を出した。額縁には真っ黒な絵が入っている。ハルマン副校長は絵に手を突っ込み、丸まった画用紙を出した。ハルマン副校長が広げた画用紙には本棚の絵が描かれている。ハルマン副校長は画用紙に手を入れ、次々と本を出していった。本が出るにつれ、絵の中の本棚から本が消えていく。

「あと2ヶ月の内に一般教養を頭に詰め込んでもらう。魔術の知識じゃない、この世の一般常識だ」

　積み重なった本の山は天井に届きそうだ。思わず唾を飲み込む。

「君が同世代の人間と比べて劣っている部分は魔術だけではない。他人との付き合い方や基本的なマナー、知っている言葉の数。これらは既に誰もが自然に身に付けているものであり、魔術学園で習いはしない。魔術に関しては入ってからなんとでもなる。だがこればかりはな」

本の山を見上げ、軽く怯《ひる》む。

ハルマン副校長は1冊の本を僕に差し出す。

「君はまず、『普通』を知りなさい」

『普通』……なんて縁遠い言葉だろうか。

千の人間を殺した僕が、目指してもいいのだろうか。今からでも遅くはないだろうか。

『普通』に少しでも近づけるならと、僕は本を受け取った。

それから入学式の日まで、僕はひたすらに『普通』を学んだ。

追憶　その1

奴隷時代の僕の家は馬小屋の隣にある小屋だった。本当に小さな部屋で、獣臭かった。

床はなく、足元にあるのは土だ。

部屋にあるのは鉄の柵と大剣のみである。家畜の部屋だ。

『明日までにこの大剣を振り下ろせるようになれ』

それがご主人様からの初めての命令だった。

（自分の体より一回り大きな剣を、振り下ろせるようになれるものか……）

ここに持って来るまでもずっと引きずっていた。この大剣を振るうなんて無茶だと思う。けど、やらなきゃいけない。僕は奴隷だ。奴隷は命令に従うのみ。決心し、大剣の柄を握る。

大剣を一度倒し、力いっぱい持ち上げようとする。

「ぐぬぬっ！」

駄目だった。

大剣は数センチ浮いて、落ちた。

子供の力で持てる重さじゃない。

「はちめまして」

（どうしよう。明日までになんとか持ち上げる術《すべ》を見つけないと……）

「はちめまして!!」

「うわぁ!?」

背後からいきなり、甲高い声が聞こえた。活舌の悪い声だ。

振り返ると、自分よりも背の低い、黒髪の女の子が立っていた。

「あの、えと……誰？」

「わたし……わたしアンリ！」

（アンリ……あ、たしかご主人様にはアンリって名前の一人娘が居るって話だった。この子がそうか）

彼女も自分の飼い主のようなものだと理解し、笑顔を作り出した。

「えぇっと、お嬢様、どうかなされましたか？」

奴隷商人に仕込まれた敬語を使って話す。

「おじょう？　わたし、アンリだよ？」

お嬢様、という単語を彼女は知らなかった。

「アンリ様、あの、なにか御用でしょうか？」

「わたし、アンリサマじゃない！　アンリ！」

「こ、困ったな……」

何歳ぐらいだろう？

5歳ぐらいかな？

自分は歳の割には頭が良かった。

だから、言葉をロクに知らない彼女を年下だと考えたのだ。しかし、

「アンリ、いま、いくつ？」

「8さいっ！」

「え？　同い年!?」

アンリはキョロキョロと首を回すと、泣きそうな顔をした。

「シャルル……いない……」

シャルル？　どちら様だろうか。いや、それよりまずい。ここでお嬢様が泣いて、もしご主人様が駆け付けたら、僕のせいにされる。どんな罰が待ってるかわからない……。

僕は彼女を慰めることにした。

「お嬢……アンリ。そのシャルルって人、一緒に探しますのでどうか泣かないでください」

「シャルル、もういない。死んじゃった……」

「そう、なのですか……」

「シャルルとお散歩行ったら、車がシャルルを踏んじゃった！　それで、死んじゃった！　ひぐっ！」

シャルルって、もしかして犬とか猫とかのペットかな。もしかしたら僕が居るこの小屋はシャル

ル様の家だったのかも。

小屋の中は微かに猫缶臭い。

「ひぐっ！　うぇ……」

「ど、どうしよう」

死んじゃったもんはどうしようもない。

でも、ここで泣かれるのは困る。

だから、僕は——

「アンリ！　あのですね、シャルルは——」

この時、僕は生まれ持っていた名前を捨てた。

「シャルルは僕です！」

「え？」

「死んで、生まれ変わりました！　人間に！」

目を瞑《つむ》って、恥ずかしさを紛らす。

うすーく瞼を上げる。

小さく見えたアンリの顔は、お日様のように明るく笑っていた。

「シャルル！　うまれかわった!!」

「わわっ！」

アンリが勢いよく胸にダイブしてきた。

僕はそれをなんとか受け止め、抱きしめたのだった。

「またよろしくね！　シャルル!!」

「は、はい。よろしく、にゃー……」

彼女を抱きしめた時の感触を、今でもよく覚えている。

フワフワで、柔らかくて、強く抱きしめたら壊れそうなぐらい軽かった。そして何よりも、

――彼女の体は、温かった。

今でも鮮明に思い出せる、彼女との出会いの記憶。

あの日から、僕とアンリの日々は始まったんだ。

もう、遠い昔の話だ。

第三章　学園島へ

「起きろシャルルぅ」

瞼を開くと、本のページが目に入った。そこには『初版1920年』と書かれている。本の最終ページだ。どうやら本を読みながら眠ってしまっていたらしい。椅子に座り続けた体は痺《しび》れている。

「それで最後の本か？」

「はい。なんとか読み終えました」

ハルマン副校長は本の山を本棚が描かれた画用紙にしまっていく。

「支度をしろ。出発するぞ」

「……けっこう早いんですね。まだ5時半ですよ」

「〈ユンフェルノダーツ〉は孤島を丸ごと学園に改造した学園島《がくえんとう》だ。移動には時間がかかる」

「孤島を丸ごと学園に!?　それは、すごいですね」

「なんだ、初耳だったのか。有名な話だけどね。この家はそのまま学園島に運ぶから大剣や服は置いていていい。着替えだけ済ませろ」

つまりこの結界が入っている絵画を持って行くというわけだ。見方を変えればこの結界はバッグ代わりに使える。いや、そこらに売ってるバッグとは比べ物にならない利便性だ。画用紙と額縁の重さしかないのに運べる重量は象何頭分かわからない。

僕は簡素なシャツの上に緑のロングコートを羽織る。

準備開始から1時間後、絵の世界から飛び出ると、そこは見たことの無い倉庫だった。至る所にモップが落ちているから掃除道具入れだろう。僕は2月1日から一歩も絵の外に出ていない。僕が絵の世界に居る間にハルマン副校長がここまで運んだのだろう。

額縁を脇に抱えて倉庫を出る。

すぐ右にトイレ。トイレから視線を左に逸らすと大量の人だかりが見えた。

身だしなみを整えた人たちがあちこちに居る。耳に届く騒音で、魔導列車が近くを通っているとわかった。

「駅ですか、ここ……はじめて来ました」

はじめての駅に興奮と不安を感じながら首を回していると、ハルマン副校長はある部屋を指さした。

「魔導エレベーターだ。アレに乗っていくぞ」

「エレベーター……上下に自動に動く部屋ですよね。ボタンで階を指定すると、その階に自動的に行くっていう」

「さっそく勉強の成果が出ているじゃないか」

ハルマン副校長はエレベーターの前には行かず、近くの柱に身を潜めた。僕も合わせて身を潜める。

「なにをしてるんですか？」

「エレベーターの前に人が居るだろ。あれではダメだ」

なにがダメなのだろうか。どうせすぐわかるだろうと質問を後回しにする。

エレベーターの前から人気が無くなったところでハルマン副校長はダッシュでエレベーターの前に行き、ボタンを連打してエレベーターを開かせ、中に入った。僕も後に続く。

「えっと、これで階を指定するんですよね。何階に行くんですか？」

ソワソワしながら僕は聞く。初めてのエレベーターだから、多少の興奮がある。

「地下20階」

「ありませんよ、そんな階」

あるのは現在地の階である1階と、2階と3階、地下1階のみだ。

「パスワードを入力すると、地下の20階に行けるんだ」

ハルマン副校長は2 - 1 - 2 - 1 - B1 - B1の順でボタンを押した。するとエレベーターはガタンと揺れ、真下に進行を始めた。

「我々が使うのは魔術師専用の魔導海底列車、海底を通る列車だ。それは既存の階にはない。決まった順番でボタンを押すと、エレベーターが瞬間転移し、海底列車の場所に案内してくれる」

「どうして海底を通るんですか？」

「校長の趣味だ」

「趣味でそんな凄い物作らないでくださいよ……」

　一瞬、重力がなくなったかのような浮遊感が身を包んだ。浮いた足はすぐに地につく。

「エレベーターを下りたら列車は目の前、その列車に乗れば学園島まで一直線だ。私は別のルートで学園島に向かうから、ここで一旦お別れだな」

「そうですか」

　エレベーターの勢いが弱まっていく。段々と目的地が近づいているのだろう。

「最後に忠告だ」

　ハルマン副校長は葉巻を指に挟んで持つ。この人が葉巻を咥えないで喋る時はまじめな話をする時だと、この2ヶ月でわかった。顔を引き締めて言葉を待つ。

「いちいち言う事ではないと思うが、人を殺すなよ」

「……僕を殺人鬼かなにかだと勘違いしていませんか？　殺しませんよ」

「もしも、例の事件の首謀者が目の前に居たとしてもか？」

「――ッ!?」

「悪いね。君のこと――いや、君の恋人がなぜ死刑になったのか、詳しく調べさせてもらった。アンリ＝サンソンは……とても、立派な人間だったね。君が惚れるわけだ」

　僕はハルマン副校長を睨みつける。

　ハルマン副校長は僕の視線を笑って流した。

「君は他人より『殺人』への抵抗がない。特に、罪人に対してはな」

「それは……否定できません」

僕は人殺しなんてしたくない。でもそんなことは大多数の人が当然のように思っていること。その大多数の常人と、僕とで比べたとして、どちらが『殺人』への抵抗があるかと聞かれれば……僕だとは言えない。純然たる事実、僕は『殺人』に慣れてしまっているのだ。

「いいか、良く聞け。どんな事情があれど、君が私怨で人を殺した時、その時が、君の理想が死ぬ時だ。この言葉、肝に銘《めい》じておけよ」

エレベーターの扉が開くと同時に、ハルマン副校長は僕の背中を叩いて外に出した。

エレベーターの方を振り返ると、葉巻を咥えず笑顔でハルマン副校長が手を振っていた。

その混じり気のない笑顔は美しかった。普通に笑えば普通に美人なのだとこの時はじめて感じた。

エレベーターの扉が閉じて、ハルマン副校長が見えなくなると途端に胸が高鳴った。緊張から来るものだ。見知らぬ場所で、自分を知る者が場にいなくなった恐怖が襲ってきた。

薄暗い洞窟のような駅構内。目の前には列車が止まっている。僕は真っすぐ歩いて列車に乗り込んだ。

切符とか持ってないけどいいのだろうか？　とも思ったのだが、切符が必要ならハルマン副校長がくれるはずだと疑問をかき消す。いざとなれば出発前に受け取った学生証を見せればなんとかなるだろう。

列車内の通路を歩く。列車は初めてで、目に映る全てが新鮮に見えた。列車内の景色に気を取られていると、男性の胸に頭をぶつけた。

「す、すみません」

僕は男性の顔を見る。

中肉高身長、緑の長髪の男性だ。つばの広い帽子を被っている。僕よりも一回り年上だろう。細長い顔をしている。肌には化粧の跡が見える。

「むむっ！　貴様は……」

男性は僕の顔を見ると舌打ちし、胸ポケットから出したハンカチで僕がぶつかったところを何度も何度も擦った。こびりついたヘドロを拭うように。

「汚らわしい」

男性は高そうな香水瓶を取り出して体に振りかける。

罵声を浴びせられるのには慣れたものだ。あまり苛立ちは覚えない。ただ疑問は残る。今の僕はただの学生、ぶつかっただけでここまで言われるものか？

「ボクの顔、覚えていないようだな？　執行人」

執行人、という単語を聞いて、僕は〈ランヴェルグ〉の住民を頭に浮かべた。

――居た。

この男はあの街に居た。いつも高そうな服を着て、僕とすれ違う度、睨みつけてきた貴族の男だ。

「〈ランヴェルグ〉に居た人ですよね。名前はたしか、アントワーヌさん……でしたっけ」

「思い出したか。そうだとも！　ボクこそ今代最強の魔術師にして、エレガントぅ～なナイスガイ、アントワーヌ＝カトラロフだ！」

まるで劇場で名乗りを上げる役者のように、彼は名乗った。

「まったく、ハルマン副校長の心は理解できん。こんな薄汚い殺人鬼を由緒正しき〈ユンフェルノダーツ〉に入れるなど……！」

「あなたが、なぜこの列車に……」

「ボクは今年から〈ユンフェルノダーツ〉の教師となった。覚悟しろ、どんな手を使ってでも、貴様を退学に追い込んでやる。神聖なる〈ユンフェルノダーツ〉に、貴様のような死肉食いはいらないからな！　貴様が学園に居ると、学園の品格が落ちてしまう」

アントワーヌは鼻で笑い、睨みつけて、僕の側を通過していった。

まったく、幸先の悪い。僕の素性を知ってる人間が〈ユンフェルノダーツ〉に居るのは不安材料でしかない。

気を取り直して列車の個室の扉を開く。誰も居ない個室だ。窓際に座って出発するのを待つ。

1つの違和感が僕の視線を釘付けにした。窓だ。列車の窓にはなぜか鍵が付いておらず、開けられないようになっている。

「ありゃ?」

個室の扉が開いた。僕の手によってじゃない、金髪の男——見た目からして新入生の男の手によってだ。

僕は彼の頭に巻いてあるバンダナを見て、彼の名前を思い出す。

受験番号022ラント＝テイラー。2ヶ月前、僕がケルベロスを倒した後に部屋に入って来た受験生だ。合格したのか。

「あっれ、いつの間にか人が増えてら」

「ごめん。すぐに移動するよ」

「いいよいいよ。座ってろって」

ランドは僕の向かい側の席に座り、手に持った瓶のジュースを一口飲んで、右手を床に伸ばした。床には大きなリュックが横たわっている。個室に入ってすぐに視線を窓に向けたからリュックの存在に気づかなかった。

まずい。

ケルベロスを倒したことは隠さなければならない。副校長から口止めされているのだ。

『君が特待生だということと元死刑執行人であるということは秘めたまえ。周りから警戒されるのは望むところではないだろう?』

望むところではない。

僕は正直、特待生として相応しくない。

特待生の癖に魔術をロクに知らない。そんな悪目立ちをするのはごめんだ。

死刑執行人なんて肩書きはもってのほかだ。

貴族連中とつながりを持つ際に、特待生という立場は妙な嫉妬の対象になりかねないし、死刑執行人という履歴は迫害されかねない。どちらも、トップシークレットである。

それに繋がる情報……ケルベロスを単体で倒したという情報は秘めておきたいのだ。

「いやぁ、１人で学園島に行くの心細かったからちょうどいい。俺と友達第１号になろうぜ！　な！」

よし。どうやら例の一件は忘れているようだ……。

「ん？　お前」

ジーッと目線が突き刺さる。

目を逸らして抵抗するも、ラントは思い出してしまった。

「やっぱそうだ！　ケルベロスを倒した奴だろ⁉」

こうなったら仕方ない。全力で誤魔化そう。

「ケルベロス？　なんのこと？」

屈託のない笑顔で嘘をつく。

「あっれぇ？　人違いかな」

「人違いだよ。僕がケルベロスを倒せるような人間に見える？」

背中を曲げ、威厳の欠片もない顔をする。弱々しいオーラを意識して出す。

ケルベロスと戦ったのは２ヶ月前。ラントが僕の顔を見たのはほんの一瞬だ。

一目見て気づかなかったのだから、記憶は相当薄れているはず。

「そっか。たしかに顔つきが全然違うな。あの時の奴はもっと怖い顔してた気がする。わりぃ、間違えた。俺、ラント＝テイラーってんだ！　お前は？」

「僕はシャルル。シャルル＝アンリ・サンソン」

「よろしくな！　シャルル！」

元気が有り余っている男だ。

初対面である僕に対してまったく臆することなく距離を詰めてくる。

嫌いじゃないタイプだ。アンリもこういうタイプだったからかな。

「よろしくね、ラント」

明るく天然なシャルルの仮面を被ったまま、僕は言った。

笛の音が聞こえる。列車が出発した。

列車は暗いトンネルを越えると、海の中に突入した。

「うおぉ～！　線路が海の中に浮いてやがる!!」

窓のすぐ側を魚が通っている。列車は車体にシャボン玉のような薄い膜を張っていて、膜に魚がぶつかるとふんわりと魚を進行経路から外している。この膜で障害物を傷つけずに逸らしているようだ。

鮮やかな青。太陽の光が透かす海中を列車は進んでいく。

「凄いね……あ！　だから窓に鍵が付いてないんだ」

「そっかそっか！　窓を開けたら水が列車内に入って大変だもんな！」

海中を進んでいく列車。幻想的な風景だ。

でもさすがに1時間もすれば景色に飽きてきて、僕とラントは窓から目線を外した。

「学園島まではまだまだかかりそうだね」

「あと1時間はかかるだろうなぁ。なぁ、お前さ！　パンフレット見たか？　学園島の！」

「いや、見てないね」

ラントは「それなら暇つぶしに見てみろよ！」と意気揚々とパンフレットを開いて見せてきた。

そこには学園島の解説が載っている。

「学園島には学校もあれば樹海や遺跡もあって、それら全部が区分けされてるんだ。

1つは学校の設備が詰まった学園エリア。

2つ目は商店街や植物園やら水族館やら、とにかく色々ある商業エリア。

3つ目は教師や商業エリアに出店している人たちが住む居住地エリア。学生寮もここにある。

4つ目は森とか山とか川しかない自然エリア。

5つ目は立ち入り禁止の遺跡がある遺跡エリアだ！」

全部初耳だ。ハルマン副校長め、少しぐらい学園島について解説してくれても良かっただろうに。

まぁ、なにも聞かなかった僕にも非はあるか。

「ラント、なんだかすっごく楽しそうだね」

「え？　お前ワクワクしねぇの？　だって島丸ごと学校なんだぜ。俺はもうテンションＭＡＸだ！

しかもよ、さっき列車の中を見て回ったけど、今年の新入生美女ばっか！　楽しくなるぜこりゃ！」

ワクワク、か。

まったくしないと言えばウソになるかな……。

「うわっと！」

ラントが驚きから声を上げる。

突然、列車が海から飛び出た。空に浮かぶ線路を列車がなぞっていく。

遥か上空で列車の上昇は止まった。

窓から外を見る。目に映ったのは――街と自然が融合した島だ。

「あ、あれが――」

「学園島だぁ!! 来たぜ、来たぜぇ!!」

陽光照らす孤島。学園島を遥か上空から見下ろす。

触れてもいない窓が一斉に溶けてなくなった。涼しくも激しい風が前髪を上げる。

僕とラントは窓から顔を出して、学園島をフィルターなしで見下ろした。

森ばかりのエリアは自然エリアだろう。風化した建物ばかりのエリアは遺跡エリアで間違いない。

色鮮やかな建物が多いのは商業エリアか。あとの2つのエリアは見分けがつかない。

絶景とはこういう景色を言うのか。まるで都市を1つ大陸から切り離したようだ。

「おい、あれ見ろよシャルル!」

ラントが指を向けた方には絵本に登場するようなドラゴンが居た。白色のドラゴンが、翼を広げて飛んでいる。魔導車ぐらいの大きさのドラゴンの上にはゴーグルをかけた男性が乗っている。

「飛竜だ！」

ラントが言った。

飛竜は列車と並走する。ゴーグルをかけた男性は僕と目線を合わせ、こっちに寄ってきた。

茶髪で長い髪を1つ結びにした男性だ。頭にはタオルを巻いている。

「ようこそ、学園島へ」

僕とラントにそう言うと、飛竜と男性は離れていった。

「かっけぇ！」

ラントの言う通り、飛竜を巧みに乗りこなす男性の姿はカッコいいものだった。

今まで自分が住んでいた世界とはまったく違う世界に来たのだと実感する。ここが魔術師の園、学園島〈ユンフェルノダーツ〉……。

第四章　レクリエーション

学園島に向かって伸びた線路を列車はなぞる。

学園島、地上の駅に到着。

「お前、荷物それだけか？」

布に包まれた絵画を見て、ラントは言う。

「うん。これだけ」

「ちょ、挑戦的だな……着替えとか全部現地調達かよ……」

「はい、新入生の皆さん。こちらに集まってください！」

列車から降りた学生たちの前に立つは鼠を頭に乗せた女性教員。

フワフワのパーマ気味の髪質、ニコニコ笑顔、仕草1つ1つが穏やかな教師だ。どこかで見たことがあると思ったら、入学試験の試験会場で門番をやっていた教員である。

「私はユンファ。入学式の会場までは私が案内します。3列に並んでね〜。あ！　君！」

目を合わせた途端、ユンファ先生は駆け寄って来た。

「君、熱で倒れた子でしょ！　君を医務室まで運んだの私なんだけど、覚えてるかな？」

「はい。その節はどうも」

　ユンファ先生は耳元に唇を近づけ、僕以外の誰にも聞こえないように声を出す。

「君の素性は知ってるよ。執行人君」

「そのことは……」

「わかってるよ。ハルマン副校長が生徒には言わないよう口止めしてるから」

『生徒には』、ということは教師には僕の素性は隠されていないということか。

「あの人に気に入られるなんて不幸だね」

　今度は声を抑えずにユンファ先生は言う。

「ハルマン副校長は暴君だよ～。生徒を玩具扱いするからね。私も元々あの人の生徒だったんだけど、それはもう酷い扱いでね……教師になった後もパシリにされるし……」

　ユンファ先生の顔から笑みが消えていく。

　わかってはいたが、やっぱりロクな教師じゃないんだな、あの人は。

「せんせー！　出発準備ＯＫです！」

　ラントが言うと、ユンファ先生は新入生を引率し、歩き始めた。

「じゃあ出発するよ！」

　駅から出ると、レンガで構築された街が視界を支配した。

　美しい街並みだ。そこらに生徒が歩いている。

　気になるのは生徒が着ている制服の柄だ。

「なんか、服にまとまりがありませんね」

制服の柄はかなりばらつきがある。

青い龍が背に描かれた制服。袖口が広く、丈がひざ下まである上着を腰の部分で紐を用いて留める……あの衣服の名前は法被だったか。

朱色の鳥が背に描かれた制服はパーツが他より多い。白い手袋にボタンの多い長袖の上着に長ズボン。軍帽のような帽子もある。紳士的な制服だ。

「ウチはクラスごとに制服のデザインが変わるんだよ」とユンファ先生が教えてくれた。

一見してどのクラスに所属する生徒かわかるわけか。だけど、クラスごとに制服を変えるなんて高くつきそうなものだが、超名門校である〈ユンフェルノダーツ〉には関係ないか。

魔術の訓練をしているのか、ホウキに乗って浮き沈みしている生徒が見えた。他にも飛竜を飼育している生徒が居たり、他の生徒を石化させたり直したりして遊んでいる生徒が居たり、それらの生徒を見守る教師が居たりと、楽しそうな空気だ。

「ここはクラブ活動用の施設が多いね。気になるクラブがあったら頭に入れておくといいよ」

そのクラブのエリアを抜けると、大橋《だいきょう》が行く先に現れた。

「この大橋を渡ると本校舎まですぐです」

石造りの大橋。下は海峡だ。

大橋の上から景色を楽しみ、大橋を渡ると目の前にとんでもない建物がきた。

「着きました。ここが学園エリアの中心です。本校舎、又の名を〈ダーツ城《じょう》〉」

さすがに、もう驚きはしないと思っていたが、驚きだ。

城だ。それも受験会場よりも遥かに巨大な城だ。要塞と言った方がいいかもしれない。城壁もあれば門もある。見間違いかと思ったが大砲もあるぞ。戦闘力高そうだ。

「まず制服を配布します。名前を呼ばれた方から取りに来てください。制服を受け取ったらロッカールームに移動して荷物を置き、制服に着替えてください。着替えが終わり次第、３階のダンスホールに集合するように」

名前を呼ばれ、紙バッグに入った制服を受け取る。

次にロッカールーム。

そこに荷物を置き、制服に着替える。

白のワイシャツを着て、黒の長ズボンを穿《は》き、ひざ下まである黒ローブを上から羽織る。ローブの背中には白い虎の絵が描かれている。

「うおーっ、かっけぇな！　やっぱし、魔術師っったらローブだよなぁ……！」

僕は制服を着た後、周囲を見渡す。

服装がバラバラだ。

僕とラントは同じだし、他にも同じ制服の人間もいるが、大抵はコンセプトからしてバラバラな服の人間ばかりである。

「なんだこりゃ。俺とお前以外、制服バラバラだな……」

「さっきユンファ先生に聞いたけど、クラスごとに制服が違うらしいよ」

「へぇー。ん？　じゃあ俺とお前は同じクラスってことじゃねぇか！　運いいな！」

「そうだね」

「背中の模様まで違うな。俺とシャルルは白い虎なのに、他の奴は鳥だったり龍だったり尻尾が蛇の亀？　いろいろだな。制服の種類ごとに模様は統一されてるみたいだけど」

◆

着替えが終わった生徒たちは〈ダーツ城〉３階のダンスホールに集められた。

１０００人ぐらい平気で踊れそうな広さだ。床には高そうなマットが敷いてある。

ぞろぞろと人が集まってくる。どれだけいるんだこれ……５００人以上いるかもしれない。

「うへ～すげぇな。黒魔術師コースだけでこんなに居るのかよ」

「その言い方だと、黒魔術師コース以外にもコースがあるように聞こえるけど……」

「え、知らねぇのお前。他にも魔術に関係したコースが19もあるんだぜ、ここにはよ。他のコースはまた別日に入学式をやるらしいぞ」

20あるコースの内、１コースの1学年でこの人数。

〈ユンフェルノダーツ〉は6学年まであるから、１コース1学年が５００人だと仮定して、５００×20×6で……約6万人!?　信じられないな……。

「はいはい適当に並んで～！　校長先生の挨拶が始まるよ～」

生徒は教師に整列を命じられ、適当に並んで立つ。

教師は横1列で生徒の前に並んだ。教師の中には見覚えのある顔もちらほらいる。

試験でケルベロスを使役していた男、ガラドゥーン先生。

鼠を頭に乗せて、ニコニコと笑っているユンファ先生。

列車でぶつかったあのグリーンヘアーの男、アントワーヌも居る。

ハルマン副校長の姿は見えない。

場が静まったところでピエロのような化粧を施《ほどこ》した男が教師の列から出た。

「吾輩《わがはい》が〈ユンフェルノダーツ〉校長のアランロゴスであル！」

あれが、校長？　聞き間違いだと信じたい。

「……あんなピエロみたいなのが校長なのかよ。大丈夫か？　この学校」

僕と同じ心配をラントもしていたようだ。

「ごきげんよう、新入生諸君。みんな、吾輩の外見について気になっている事だろう。なぜ吾輩がピエロのような化粧をしているか！　それを説明するにはまず吾輩の今日の朝食について――」

「……校長、話は簡潔にお願いします」

キセルを咥えた教師が突っ込む。

「校長先生の話は無駄に長いのが常識デショ？　まぁいっカ。メインイベントはこれじゃ無いしネ」

校長先生はさっきまでとは打って変わり、真剣な表情をする。

「我が校は夢を探す場ではない。夢を叶える力を、与える場である」

校長の真面目な声色に、自然と顔が引き締まる。

「目標なく、夢もなく、あやふやに生きる者はすぐにふるい落とされるであろう。ゴールのない者に、教えられる道はない。望む未来を摑むために、青臭く足掻《あが》け若人《わこうど》よ。以上ダ♪」

生徒の顔つきが変わった。

どこか浮ついた心を、きっちりと地に足つける、言葉だった。アランロゴス校長は列に戻っていく。

「……」

アランロゴス校長は列に戻る直前、こちらを一瞥《いちべつ》した。僕を見たような気がするのは自意識過剰だろうか。

入学式は挨拶から業務連絡に移行する。

「諸君のクラス分けはすでに終わっている。各クラスで集まってくれ」

さっきアランロゴスにツッコミを入れたキセルを咥えた教師が指示を出す。

「クラスは制服の背中に描いてある模様を見て貰えればわかる。

青色の龍の模様の生徒は〝青龍組《セイリユウ》〟、
赤色の翼を広げた鳥の模様の生徒は〝朱雀組《スザク》〟、
白色の虎の模様の生徒は〝白虎組《ビャッコ》〟――」

僕とラントは〝白虎組《ビャッコ》〟か。

それぞれ、同じ模様の生徒で集まる。

集まった白虎の模様を持つ生徒は、合計で18人だった。他の組に比べると少ない。他は30人以上50人未満ぐらいの人数だ。

「集まったな。そんじゃ、これよりレクリエーションの説明を始める」

レクリエーションと聞き、生徒たちの間でひそひそ話が飛び交った。

「レクリエーション、遊びってこと？」

「へぇ～！　クラスメイトと仲良くなるために、ってやつでしょ？」

「おもしろそー！」

「えぇ～？　ちょっとめんどくない？」

レクリエーション、ね。

生徒の様子を見るに告知なしのレクリエーションだ。嫌な予感がする。

「やることは簡単だ。これより8時間、17時までにクラス校舎を見つけてくれ。本校ではクラスごとに校舎があるからな」

なんという、大盤振る舞い。

もう驚かなくなってきた。

「お前らの校舎は透明化の魔術によって隠されている。普通に歩きまわって探すのは不可能だ。校舎の位置を示すヒントは、オイラたちの後ろに用意された宝箱の中にある」

キセル教師の後ろ、そこにはクラスの数と同じだけの宝箱がある。

「魔術の使用は許可する。ヒントと魔術を頼りにクラス校舎を探せ。——あ、そうそう。17時までにクラス校舎を見つけられなかったクラスは即刻全員退学だ。そんじゃ皆様、楽しんでくださいませ——」

『あ、そうそう』の後の一文を聞いて、生徒たちは顔色を変えた。

「スタートだ」

説明が終わるのと同じタイミングで、キセル教師は指を鳴らした。

ダンスホール内に白煙が吹き荒れる。

白煙が消える頃にはもう教師たちの姿は無かった。

「は？　え？　どういうこと？　なんかの冗談？」

「れ、レクリエーションだろ!?　遊びだろ!?　なんだよ退学って！　ふざけんな!!」

「ここに入るまでにどれだけ苦労したと思ってるんだ！！？」

ギャーギャーと喚きだす。

うるさい。ここに居ない奴らに文句を言っている暇があるのか。

制限時間8時間、学園エリアに絞っても徒歩で全域を探すのは不可能だ。半分も探せないだろう。

ただ広いだけならまだしも、僕達には土地勘がない。やみくもに探すのは命取り。どうする……。

「落ち着きなさい!!　喚いてもなにも始まらないわ！」

　1人の少女が声で場を制した。

真っ赤な髪の少女……彼女だ。ヒマリ＝ランファーだ。

前に僕が受験票を届けた相手である。同じクラスだったのか。人数を数えている時は気が付かなかったな。

「クラスの指揮は私が執《と》る。黙って私の命令に従ってちょうだい！」

誰かが指揮を執り、クラスをまとめなければいけない状況だ。いま一番すべきことはリーダーを立てることである。

だがしかし、彼女が指揮を執ってもまとまらないだろうな。

「はぁ？　なんか、すげームカつく言い方なんだけど。アンタみたいな高慢そうな奴に従うのは嫌だね」

銀の長髪、白く透き通った肌の少女が難色を示した。

銀髪の少女はフーセンガムを膨らませ、ヒマリを睨む。

「誰よ貴方」

「カレン＝ナタリー」

「ナタリー？　知らない家名ね」

見下したようなヒマリの視線に、カレンはムッと顔をしかめる。

「家が無名ならアンタに文句言っちゃいけないわけ？　ランファー家の七光り」

「七光り……!?　下民の分際で、私を貶《けな》すつもり？」

開始数秒、仲間割れ勃発。

２人の少女から放たれた険悪ムードがクラスを包み込む。

「おいおい、喧嘩はやめろよ美少女２人組」

黒い短髪の男が間に割り込む。口元に傷跡があり、芯のある強い目つきをしている。

「そうそう！　仲良くいこうよ！」

彼に続くは温和な女子。ぱっちりと開いた大きな瞳と水色の髪をもったふんわりムードの女子だ。

ヒマリと銀髪女子に並ぶ美人だな。ラントの言う通り、今年の新入生は美人が多いらしい。

「喧嘩なんかに費やす時間はないぞ」

「ほーら、離れて離れて……」

２人に押され、ヒマリと銀髪女子は場を退いた。

「なーんか、お前らイイ感じだし。このまま仕切ってくれよ。誰かがリーダーやんねぇとまとまらないべ」

ラントが絶妙なタイミングで提案する。

仕切りたくとも、自分から仕切るとは言いづらい状況だった。

２人は「そういうことなら……」とまんざらでもない様子で頷いた。

「私はモニカ。よろしくね」

「俺はギャネットだ。本当ならゆっくり自己紹介といきたいが、時間が惜しい。捜索の途中で適当に交流してくれ。まずは学校側が用意したヒントを見よう。えっと、それでヒントが入ってるっていう宝箱だが……」

「これでしょ」

太っこい男子生徒が宝箱をギャネットの前に運ぶ。

宝箱には白い虎の絵が描いてあった。

「白い虎、白虎が描かれてるから、これが僕たちのヒントボックスってことだと思う」

「ありがとう！　早速開けてみよう」

ギャネットは宝箱を開き、中に入っている物を取り出す。

それはパズルのピースだった。計20ピースだ。

「パズルのピースか。組み立てろ、ということなんだろうな……誰か頼む！　俺はこういうの至極苦手だ!!」

「貸してちょうだい」

ヒマリがギャネットからパズルピースを奪い、いとも簡単に組み立てた。

「おぉ！　凄いな！」

ギャネットは惜しみなく称賛する。ヒマリも鼻が高そうだ。

パズルはまだまだ未完成って感じだ。パズルには何やら絵が描いてある。

「地図か！」

ギャネットの言う通り、地図だ。

丸印が付いている場所が僕たちの現在地だろう。

あとは左方面、地図に描かれたコンパスを見るに、西側に教務棟《きょうむとう》がある。

現在地、教務棟。あとは地形が描かれているだけだ。いや、1つだけ、変なマークがある。宝箱のマークだ。

「これって……」

モニカが宝箱マークを指さす。

「宝箱マークってことは、ここに行けばまた宝箱があるんじゃないかな？」

「そうだな。他に手がかりも無いし、そこまでの道のりはパズル地図で記されている。向かってみよう！」

反論する者はいない。現時点である選択肢で最適解だろう。

パズルはまだ5分の1ぐらいしか完成してない。

モニカの言う通りそこに行けば宝箱があるに違いない。僕の予想が正しければ、その宝箱に入っているのは恐らく――

◆

レクリエーション開始1時間後。

学園エリア、第3修練場に僕達〝白虎組《ビャッコ》〟は辿り着いた。宝箱マークがある場所である。

地面が芝生の大広場だ。運動場と言ってもいい。魔術の実技訓練とかをする場所なのだろう。

「ここら辺に宝箱があるはずだ！　みんな探してくれ！」

ギャネットが指示を飛ばす。

僕達は手分けして探した。

しかし――

「ないよ！」

「こっちも無い！」

「こっちにもないわ」

おかしいな、とギャネットは頬を掻く。

「『ヒントと魔術を頼りに』って言ってたし、魔術を使わなきゃ見つからないようなところに隠してるんじゃないかな？」

僕が言うと、ギャネットは「それだ！」と同意した。

「誰か！　物を探せる魔術を使えないか!?」

「はいはーい！　私、使えるよ！」

手を挙げたのはモニカだ。

モニカは左手小指に付けた指輪を取る。

真っ赤で小さな宝石が嵌《はま》った指輪だ。

「【ロートフィー】」

モニカが呟くと、呪符と魔法陣が宝石に刻まれ、指輪が羽の生えた小人に変貌した。

「すげー！　妖精じゃん！」

ラントの言葉で、それが妖精だと理解する。初めて見た。

「ロートフィー。木製の宝箱、近くにあるか探してくれる？」

妖精はコクリと顎を下げ、赤い光の粒をばら撒いた。

光の粒は芝生に散らかった……それだけだ。

モニカも妖精も首を傾げた。

「近くにあれば、光の粒が探している物に向かうはずなんだけど……」

光の粒は地面に落ちた。言い換えれば、地面に向かった。

となると、地面の下か。

光が散らばった芝生を注意深く見てみる。

１ヶ所だけ、芝生の色が違う場所があった。他が薄汚れた芝生なのに、ここだけ新しい。

掘った後、新たな芝生を植えたに違いない。色の違う芝生に歩み寄り、素手で地面を掘る。

硬い感触がヒット。間違いないな……。

「よっと」

宝箱を地面の中から引っこ抜いた。

それを見た女子が「あった！」と指さして来た。

「おお！　でかしたぞ！　えっと……」

「シャルルだよ」

「でかしたぞ、シャルル！」

このギャネットという男、中々にリーダーシップがある。

クセのある面々に文句を言わせない迫力、誰かが良い動きをする度、丁寧に褒める姿勢。ギャネットのおかげでクラスの雰囲気は徐々に良くなってきている。ただ、ヒマリだけは面白くないご様子だ。

「開けるぞ」

ギャネットが宝箱を開ける。

中にあったのは……、

「パズルのピースだ！」

また20ピースだ。予想通りだな。

ヒマリがここぞとばかりに前に出て、パズルを組む。

さっきの20ピースと合わせて40ピース分の地図が出来た。宝箱のマークが新しく組まれた場所に現れた。

「あ！　私わかったかも！」

モニカは『閃いた！』って顔で両手を合わせた。

「きっと宝箱を追っていけばパズル地図が完成して、最終的にクラス校舎の場所がわかるようになってるんじゃないかな!?」

……。

数秒の静寂。

あれ？　と可愛らしく首を傾げるモニカ。

いや、間違ってはいないだろう。

だがこの場に居る全員、それぐらいわかっている。王道の考え方だ。

「マジか！　すげぇ、よく気づいたな！」

ラントがモニカを褒めたたえる。

モニカを気遣っての台詞《せりふ》か？　とも思ったのだが、ラントの目の輝きを見る限り本音らしい。

「絶対そうだべ！　天才かお前!?　天才か!?」

「だよねだよね！　私、天才かも！」

「天才だ！　俺が保証する！」

「お、おう！　よし、その調子だ。モニカの言う通りの可能性は高い。宝箱を探そう！」

その後、高調子で宝箱を探し当て、開始から4時間後、スタート地点の宝箱も合わせて計4箱80ピースを探し当てた。

残り時間4時間。

学園エリアを走り疲れていた面々だったが、残り1個だろうということで気合を入れ直し、最後の宝箱を探す。

それから1時間が経過し、学園エリアにある畑、その狭間道で、最後の宝箱を発見した。

ピースは20ピース入っており、パズルは完成したのだった。

「よぉし！　見てくれ皆！」

ギャネットがクラスメンバーを集める。

完成した地図には、×印が書き込まれていた。

「この×印まで行けば、クラス校舎があるはずだ！」

「やったやった！　退学にならなくて済むよ！」

モニカは両手を振って喜ぶ。

「そうときまりゃ早く行こうぜ。俺もう腹減った……」

「俺もだよ」とラントの意見にギャネットは頷く。

良いムードだ。だが、上手くいきすぎだ。

こんな癖のない展開でいいのか？　僕の考え過ぎだろうか。

「……そんな上手くいかないでしょ」

ボソッと、カレンが言った。

「君もそう思うでしょ？　シャルル」

「え」

カレンは僕の顔を見て、すぐに逸らして前に歩いて行った。

「どうして、僕の名前……」

まだ彼女に自己紹介はしていない。さっきの僕とギャネットの会話を聞いていたのか。

とにもかくにも、カレンの小さな呟き、心配は、正しかった。

地図に記された場所に着いて、落胆する。

×印の場所に、透明化の魔術が施された建物があった。宮殿だ。透明化の魔術はヒマリ様が解いてくれたのだが、建物の表札にはこう書いてあった。

——『朱雀舎』と。

白虎じゃない。

「せ、先生たち、宝箱間違えたんじゃ……」

モニカが震えた声で言う。

「つーかさ、そもそも宝箱の中身がウチらのクラス校舎の場所を示す、とは言って無いでしょ？」

カレンがガムを膨らませながら言う。

「そうね。でも宝箱の中身がヒントになるとは言ってた。ヒント……」

ヒマリは考え込むも、答えが見つからなそうだ。

「どうしよう！」

「もう時間ないよ！」

「終わりよ……退学……」

パニック状態になる同級生たち。

無理もない。もう今は14時15分だ。

タイムリミットの17時まで2時間と45分。時間が無い。

しかも体力は使い果たしている。がむしゃらに捜索する元気すら残ってない。

「落ち着け皆！　他のクラスの宝箱にもパズルが入っていたはずだ。どこかのクラスの宝箱の中には、ウチのクラス校舎の場所が……」

「無理よ。計13クラスはあるのよ？　このバカでかい敷地で、他のクラスと接触できると思う？　コンタクト取れたとしてもよくて2クラスってところよ。その2クラスがパズルを完成させていて、しかも私たちのクラス校舎のパズルを持ってる可能性なんてほとんどゼロだわ」

ギャネットの言葉をヒマリは真っ向からねじ伏せた。

そう言うヒマリの顔にも、焦りが走っている。

さてと、そろそろ動くか。

このまま退学はご免だからな。

「ラント、こっち来て」

「え、あ、おい!?」

クラスが動揺した隙にラントを連れてその場を離れ、近くの校舎の陰に隠れる。

「……ど、どうしたんだよシャルル！」

「おかしいよ。宝箱、出発地点であるダーツ城、クラス校舎の場所が地図に記されていたのはわかる。けど1つだけ、まったく関係の無い場所が地図に載ってた」

「え？　あぁ……っと！　教務棟か！」

そう教務棟。

教師たちの根城だ。

あれだけ妙に気になる。

「教務棟の中には教務室、教師が使っている部屋があるはず」

「そりゃあな」

「地図に記された教務棟の位置。これこそがヒントだと僕は思う」

「ひんとぉ？　――だーっ！　わかんねぇ！　結論から言ってくれ！」

「教務室は教師たちが活動する場所。そこにならクラス校舎含め、学園エリア全域の詳しい地図があってても不思議じゃないってこと。だから――」

僕は教務棟のある方角を指さす。

「教務室から地図を盗むんだ」

ラントは口をポカーンと開け、数秒静止した後、声を吐き出す。

「教務室から!?　おま、そんなのバレたら一発退学だぞ！」

「だけど、このままじゃどっちみち退学だよ」

「そりゃ、そうだよなぁ……」

ラントはバンダナを締め直す。

「よし！　やるか！　でもよ、どうして俺だけ連れ出したんだ？　全員の前で同じこと話せばよかったじゃねぇか」

「教務室に忍び込んでバレたら退学は間違いない。学生証に載っていた校則の中に〝生徒は無断で教務室に入ってはならない。入った場合は厳罰、つまり退学処分を下す〟って書いてあった。こんな状況だから下手したら連帯責任、クラス全員退学処分っていうのもありえる」

「ん～っと？」

「クラス全員の前でこの事を提案したとして、半分ぐらいの人間は反対するはずだ。反発する人の中じゃ連帯責任のリスクを恐れて僕らを止めようとする人も出てくると思う。そうなると、いざ潜入しようという時に邪魔される可能性がある。反対勢力と争ってる時間はない」

「なーるほど」

「ラントなら乗ってくれると思ったから、君だけ連れ出した。ここから教務棟までは30分で着く。そこから30分で地図を探して、残りの1時間半でクラス校舎を見つける。……これしかない」

このレクリエーションのクリア条件は『クラス校舎を見つける』こと。

全員でクラス校舎に向かう必要はない。クラスの誰かがクラス校舎を見つければクリアだろう。

地図を見つけた後は僕とラントでクラス校舎へ向かえばいい。

「も、もし1時間半以内に行ける場所に、クラス校舎が無かったらどうする？」

「終わりだよ」

「……ですよね」

もっと早く動くべきだったか。

いいや、パズル地図が完成する前に動くのは愚策だったろう。アレが正解の可能性だってあったんだ。後悔しても意味はない。結果論だ。

「……貴方《あなた》たちだけでうまくいくかしらね」

「「のわっ!?」」

腕を組み、顎を上げて、女王様《ヒマリ》は現れた。

「全部聞かせてもらったわ。教務棟に向かうわよ。ついてきなさい下民ズ」

ヒマリは髪をサラッと流して教務棟の方に足を向けた。優雅に歩いて行く。

「……俺、あの女きら〜い」

「……」

——同感だ。

しかし、ヒマリの協力を得られたのはよかった。ラントだけでは心細かったからな。

◆

教務棟の前、小さな塀から顔を出す。

縦に長い、年季の入った建物だ。建物の周りには眼球にコウモリの羽根を生やした気色の悪い生物が漂っている。

「なんだアレ、気持ち悪ッ！」

塀に身を潜め、３人仲良く肩を並べる。

「索敵使い魔の〝アオゲル〟よ。動くカメラ、って感じね。監視カメラというやつよ」

「ぶっ飛ばすか！」

杖を出し、ラントは構える。

「馬鹿ね貴方。そんなことをすれば使い魔の主人がやってくるに決まってるでしょ」

ヒマリと意見が一致した。

「じゃあどうすんだよ女王様！」

「透明化の魔術を使うまでよ」

ヒマリは30センチほどの杖を出す。

「【カヴァート】」

ヒマリが詠唱すると、杖に魔法陣と呪符が巻き付いた。

ヒマリは僕と、ラントと、自分自身に向かって杖を振る。杖の先から出た光の玉が体に当たると、体が透明になった。

「うおぉ！　体が消えた！」

「これで監視の目には映らないわ」

「こんな魔術が使えるなんて……凄いねヒマリ！」

「口だけの嫌味な奴だと思ってたぜ！」

「私が凄いのは当然でしょ？　改めて言わなくてもいいわ」

「……嫌味な奴なのは変わりねぇか」

「【カヴァート】の効果時間はどれくらい？」

僕が聞くと、なにもない空間から声が返って来た。

「5分よ」

「……おいおい、そんだけの時間じゃどうしようもなくないか？」

「効果が切れそうになったらまたかけ直せばいいでしょ。アホ猿」

「……下民から猿にランクダウンしてるぅ……」

「モタモタしてる時間は無いわ。外階段の上を見なさい。非常時用の扉がある。あそこから侵入するわよ」

ヒマリの誘導に従い、非常階段を上がる。ゆっくりと、足音を立てないように。

レクリエーション終了まで、あと、1時間55分。

〝白虎組〟の命運はこの3人の肩に乗っている。

◆

ヒマリ、ラント、僕の順で並んで階段を上がる。

ドアノブを捻ったような音が鳴った。ヒマリがドアノブを回したのだろう。

ガチャガチャと、ヒマリはドアノブを捻る。音から察するに、鍵が掛かっているようだ。

新たな難題に甘くないなと感想を抱く。

「どうすんだよ、鍵閉まってんじゃんか」

「壊すことはできるけど、後が怖いわね」

「いいよ。壊しちまえ。修復は任せろ」

ラントから頼もしい発言が飛び出た。

「俺の得意分野は縫合《ほうごう》魔術だ。多少の欠損は縫い直せる」

「縫合……そうなると、なるべく部品は残した方がいいわよね。私、攻撃系統の魔術は炎魔術しか使えないわ。ドアノブを溶かすことしかできない」

そういうことなら――

「僕に任せて」

「え」

扉の前に出て、ドアノブを思い切り引っ張る。

ゴン！　と音が鳴り、デッドボルトが砕けた。

「よし、開いたよ」

「お前……もしかして引っ張ってぶっ壊したのか？」

「うん」

「驚いたわね。肉体強化魔術は中級レベルの魔術よ」

肉体強化魔術なんて使ってない。純粋な腕力だけで壊した。

けど、この勘違いは別にただす必要もない。肉体強化魔術を使ったってことにしておこう。

扉をノックする。

誰かが反応する音は無し。

僕は小さく扉を開け、中を確認。誰も居なかった。

速やかに中に侵入する。

「【ナートン】」

ラントがなにかを唱えると、多数の細い糸が生み出された。

糸はバラバラになった部品を拾い、縫い合わせた。扉の鍵は元通りに修繕された。

凄いな。あれが縫合魔術か。

器用に多種類の魔術を使うヒマリ、
縫合魔術で修繕・回復ができるラント、
肉弾戦特化型の僕。結構バランスの良い面子《メンツ》かもしれない。

「教務室だ！」

ラントの声だ。奥を見ると、それらしき部屋があった。飾られたプレートには〝第7教務室〟と書かれている。つまり、第1から第6教務室もあるのだろう。

わずかに開いていた扉の隙間から中を見る。

第7教務室には誰も居ない。

ラッキーだ。僕らは教務室に入り、並んだ机を片っ端から調べていく。

「あったわ！」

嬉しそうなヒマリの声。

僕とラントは宙に浮く（透明化したヒマリが持っているため、宙に浮いたように見える）地図に近づく。

「地図を持ち出す必要はない。ここで場所を覚えるわ」

ヒマリが広げた地図を全員で見る。

地図には〝白虎《ビャッコ》組〟の校舎の位置が載っていた。――けど、

「これは……まずいわね。ここからかなり北の位置、走っても2時間はかかる」

「うげ!?　マジかよ!!」

「話は後にしよう。ここから出るよ。誰かが来たらやば――」

ガラガラ、と戸が開く音が鳴った。

コツン、コツン、と足音が響く。

最悪だ。最悪のタイミングで誰かが教務室に入って来た。

僕達が居る場所は扉からもっとも遠い位置にある机の下だ。正面には窓がある、いざとなれば窓から飛び降りるしかない。

みんなパニックになってるはずだが、声を出さない。賢明な判断だ。

ここは焦らず、おとなしくして、場をやり過ごすのが吉。

「ン～？　若い、匂いがするな……」

粘っこい男の声だ。

「1人はふんわりと甘く、高級な香り。女子、それも上質なシャンプーを使ってる。もう1人は健康的な汗の香り、代謝が良いようだ」

くそ、バレてるな……！

「最後の1人は……血だ。血の匂いがするぞ？　染みついた、殺人鬼の匂いだ。どれも以前にも嗅

いだことがあるような――ふむ、興味深いぞ。出てこないならば、体罰《きょういく》をくれてやろう……か？」

足音が近づいてくる。

絶対にバレている。隠れるのは無理だな。

「……僕が隙を作る。君たちは窓から逃げて」

極小の声で提案する。

「……ふざけんな、３人で叩くぞ」

ラントの提案。

「……相手は教師よ。３人で戦ったところで勝てないわ。誰かが残って時間を稼ぐしかない。一番適任なのは肉体強化ができて機動力のある彼。彼なら時間を稼いだあと、１人で逃げられる」

ヒマリは僕の提案に乗った。

「……うん。ヒマリの言う通り。それに教務棟への侵入を提案したのは僕だ。一番危険な役目は僕がやるべきだ」

「……いま魔術をかけ直す。効果時間は５分よ」

「……了解」

「……待てよ！　マジでそれで行くのか!?」

ヒマリは僕に透明化の魔術をかけ直した。

「……もしもの時は、貴方が１人で罪を被りなさい」

「……鬼かお前！」

「……わかってる」

「……お前もなんでわかっちゃうんだよ！」

足音が早くなる。

僕は机の上に飛び乗り、そして——

「むっ!?」

飛び蹴りを教師に繰り出した。

「——今よ！」

「まったく……！」

ヒマリとラントの足音が窓の方へ向かっていく。

僕は蹴りを出しながら、相手の顔を見た。

この男は——ケルベロスの時の奴か。

例の試験でケルベロスを従えていた黒マント教師。ガラドゥーンだ。

「あくまで反抗するか。面白い！」

ガラドゥーンは手に持った分厚い教本で僕の蹴りをガードしている。——やるな。

窓が開き、２人が飛び降りた音が聞こえた。

「……逃がさん」

ガラドゥーンはマントの中を見せた。

なんだアレは？

マントの裏側、そこにあったのは折り紙。色々な形で折られた折り紙が貼り付けてある。

黒マントの教師は鳥の形に折ってある折り紙を2枚投げる。

「【フォーフゲルト】」

教師が唱えると、鳥の折り紙に魔法陣と呪符が刻まれる。

折り紙が黒い霧を纏い、変貌。鳥型の魔獣になった。

さっきモニカが見せてくれた術に似ているな。アレに2人を追わせる気か。

——させるか。

鳥魔獣を背後から捕まえ、右手左手でそれぞれ鳥魔獣の首を掴み、握りつぶす。

黒い血液が両手に付いた。

「なんと、秒もかからんか」

透明化解除まで4分45秒。

レクリエーション終了まで1時間40分。

やれやれ、時間はかけられないな。

「くっくっく……君が残ってくれてよかったよ。実に楽しめそうだ……殺人鬼。その透明化魔術《ばけのかわ》、必ずや剝いで見せよう」

教師が相手だろうが関係ない。

時間稼ぎを、執行《自分の仕事》する。

奴が使うのは折り紙を魔獣に変える魔術。マントの中にはまだ大量の折り紙があった。アレを全部魔獣に変えられるとするなら、相当な手数だな。

洗礼術さえ使えれば相性の良い相手だが、洗礼術を使えば正体がバレる。コイツには一度僕がケルベロスを洗礼術で倒す姿も見せているからな。ハルマン副校長曰く、洗礼術は執行人の術、使えば高確率で正体は割れる。

逃げたいのは山々だ。しかし、一手目でミスをした。

両手に付いた黒い血。コイツのせいで居場所がバレバレだ。背中を向けて逃げたところですぐに魔獣に追いつかれるだろう。奴の詠唱を封じてから逃走するしかない。

ガラドゥーンは折り紙をばら撒く。

ゴリラの形をした折り紙、兎の形をした折り紙、狐の形をした折り紙、鶴の形をした折り紙。それらすべてに一斉に魔力が込められる。

「【フォーフゲルト】」

折り紙に次々と呪符&魔法陣が刻まれ、変貌。

それぞれ折り紙の形通りの魔獣が生まれた。まったく、動物園でも開く気か。

４匹の魔獣は僕に向かって猛突進を仕掛けてくる。腕をクロスさせて突進をガードする。

「すぅ」

――ぶっ殺す。

「ン～？　凄まじい殺意だ、な！」

床を蹴り飛ばし、加速する。

徒手空拳で魔獣を全撃破。飛び散らかる体液を回避し、ガラドゥーンに向かって走る。

「【フォーフゲルト】」

現れたのは、10を超える赤眼狼の群れ。

「喰い散らかせ、ガルムよ」

――一度の詠唱でこれだけの数を……！

狼は牙を輝かせ、首元を食いちぎろうと飛び掛かってくる。

さすがに捌《さば》き切れる量じゃない。攻撃を避けようと飛び退く。

「その若い動き……やはり生徒だな。学び場における絶対のルールを教えてやろう。それは『生徒は教師に逆らってはならない』というものだ。生徒は教師に絶対服従するべし。――ルールを犯した貴様には学園における死刑、すなわち『退学』をくれてやる」

死刑か。確かに、僕はこの学園から出たら行く場所がない。退学＝死刑というのは間違いではないな。

「貴様が生き残る術《すべ》はただ1つ、私を倒すことだ。私を倒せば、大事《おおごと》にはすまい。生徒に負けたなどという汚名を言いふらすほど、愚かではないからな」

狼の頭突きが僕の腹を大きくへこませた。

「つっ……!?」

「ン～？　しかし、一《いち》生徒が私に勝つなど不可能！　すなわち、君はもう退学の道しかないということだ」

このままじゃ防戦一方だ。次々と魔物を出されて押し切られる。

なにか武器になるものはないか――

目に付いたのは、飛竜についての書類が乱雑に置かれた机だ。

机には書類の他にある物が置いてあった。それは鞭だ。丸まった一本鞭である。僕は狼の攻撃を掻い潜りながら鞭を手に取る。

「飛竜調教用の鞭か」と嘲るようにガラドゥーンは鼻を鳴らす。

知っているかガラドゥーン。鞭が、切れ味のある武器だということを。

「それを取ったところで君の結末は変わらん――」

風切り音がガラドゥーンの言葉を詰まらせた。

僕の正面5匹の狼は、およそ3秒で頸動脈を裂かれ絶命した。

「ありえん……なんという鞭捌き……！」

鞭の感触は、手に馴染んだ。

懐かしいな。思い出したくもない手応えだ。

執行人の役割は首を斬ることだけじゃない。時には『死刑』以外の刑罰を執行することもある。

その内の1つが、鞭打ち刑だ。相手の体を鞭で痛めつけるだけの仕事。

ただこれが思っていたより難しい。加減を間違えると鞭とはいえ相手を殺してしまうのだ。僕はそんなことはしなかったが、長いサンソン家の歴史では鞭打ちで受刑者を殺してしまうことが多々あったそうだ。音速を超える鞭の先端は鉄すらも裂く。当たり所によっては死に至ることもある。

僕はその話を聞いて、鞭の練習をした。殺さなくていい刑罰で殺すのなんてご免だった。

サンソン家の誰かが残した人体の構造が載った本を頼りに、人の急所を学び、そこを避けて鞭を繰り出す練習をひたすらにした。

結果、僕は的確に自分の思ったところへ鞭を入れることができるようになった。

急所を外すこともできれば、急所を狙うことも当然できる。寸分のズレも許さず、僕は残り全ての狼の首を断ち切った。

「素晴らしい！　あの数を一掃するとは！　気に入ったぞ殺人鬼ッ!!」

ガラドゥーンは高揚した声を出す。まだ奴の顔には余裕がある。

「よかろう。ここからが本番だ」

ガラドゥーンの目つきが変わった。

……本番？　残念だが、もうゲームは終わっている。

ガラドゥーンはさっきまでと比べて明らかに多量の魔力を折り紙に込め、前に投げた。人型の折り紙だ。

「【フォーフ】――」

スパン！

切れ味の鋭い鞭先が、折り紙を切り裂いた。

「なっ……!?」

ガラドゥーンは必ず折り紙を前に投げてから詠唱し、魔獣を召喚する。理由は単純で、マント至近距離《マントの中》で折り紙を魔獣に変えれば、魔獣が出てきた時の衝撃で自らに被害が出るからだろう。

折り紙が投げられるのを見てから詠唱が終わるまでに、折り紙を鞭で裂くのはそう難しくはない
――！

次に出される魔獣は先ほどまでのものとはレベルが違うものだろう。恐らく僕が勝てる相手じゃない。ならば呼び出す前に叩くまで。

「貴様ッ!!」

ガラドゥーンはそこでようやく、自分が窮地に立っていることに気づいた。必死の形相でマントの裏から折り紙を鷲掴みし、ばら撒いた。

「【フォー】――――！」

僕は鞭で折り紙を一蹴する。次々と繰り出される全ての折り紙を、鞭で裂く。

距離1メートル。僕は鞭を捨て、拳を握った。

「思い出した。この匂いは……！」

ガラドゥーンは、動揺と歓喜を混ぜた笑みを浮かべる。

「シャルル＝アンリ――――！」

拳を引き、ある個所へ狙いを定める。

「サンソぉン!!」

斜め下から拳を突き上げ、ガラドゥーンの顎を殴り飛ばす。

ガラドゥーンは衝撃から2歩下がり、右ひざを床につけた。

「この程度で、私がやられるものか！」

開いた窓に足を向ける。

「逃がしはしない。【フォーフ】……がぁ!?」

詠唱の途中で、教師の顎がガクンと落ちた。

「あ、顎が、外《はふ》れ……！」

狙い通り。妙な手応えだったが無事顎が外れたようだ。

あの顎じゃ、詠唱はできまい。

窓から外に脱出。

ひたすらに教務棟から離れていく。

◆

「シャルル！　こっちだ！」

透明化が切れ、クラス校舎の方を目指して走っていたらラントとヒマリを見つけた。

「凄いぞお前！　マジで1人で逃げ切りやがった！」

「どっと疲れた……」

「よく〈ユンフェルノダーツ〉の教師から逃げきれたわね。下民にしては上出来よ」

『下民にしては』は余計だ。

「んで、どうするよ？」

ヒマリは悔しそうに、爪を噛んだ。

レクリエーション終了まで1時間半。これからクラス全員と合流して、クラス校舎に向かうのは絶対に不可能だ。

ならば、

「……僕が単独で見つけるよ」

「どういうこと？」

「レクリエーションの説明をしていた教師はクラス校舎を見つけることをクリア条件にしていた。クラス全員が、クラス校舎を訪れることを条件にしてたわけじゃない。1人でもクラスの誰かが校舎を発見すればいいはずだよ」

「……一理あるわ」

「僕1人なら時間内に間に合う。地図は頭に入ってるから大丈夫。2人は他のクラスメンバーと合流して、みんなでクラス校舎に向かって。そこで、合流しよう」

「……」

ヒマリは歳のわりに大きな胸を張り、腰に手を当て、目線を尖らせて僕を見てきた。

「それしか無さそうね」

「あと、ヒマリ……1つお願いがあるんだけど」

「なによ？」

「もしも、僕が制限時間内にクラス校舎を見つけられたなら……僕の名前、覚えてくれるかな？」

ヒマリは有力貴族。繋がりを持ちたい相手だ。だけど、これから先、下民と呼ばれたままでは一向に彼女との関係は深まらない気がする。

まずは名前を覚えてもらう。名無しのままでは進展はない。

ヒマリは一瞬だけ驚いたような顔をして、すぐに余裕のある顔をする。

「いいわよ。もし、貴方が制限時間内にクラス校舎を見つけられたら、名前ぐらい覚えてあげるわ」

どこまでも上から目線の奴だ。

大げさだ。

「頼むぜ。俺達の命、お前に預ける」

「任せて。じゃあ行ってくる」

それから2人と別れ、学園エリアを疾走した。

目的地に到着する。背面に山を据えた自然豊かな場所に、不自然な空間があった。

地面が剝げている。

小石を拾って投げてみると案の定、なにもない空間に弾かれた。

ここにクラス校舎があるのだろうが、僕は透明化魔術を解く術を使えない。

時間はあと5分、入口を探すのも面倒だ。

助走をつけ、腕をクロスさせ、クラス校舎があるであろう空間に突っ込む。

パリン!!

肌にガラス片が食い込んだ。

どうやら窓から入ってしまったらしい。

着地したのはレッドカーペットの上。左右に並ぶは多数のチャーチチェア。

どこだここ、と、思ったところで、僕は椅子に座った人影を見た。

「ここは礼拝堂だよ」

葉巻を咥え、腕を組み、彼女は笑っていた。

「ようこそ白き虎の園へ。私が〝白虎組《ビャッコ》〟担任のハルマンだ」

「……悪い夢だな」

◆

〝白虎組《ビャッコ》〟のクラス校舎は2階建て。

1階は礼拝堂、食堂、ロッカールーム、医務室があり、
2階は教室、担任部屋（教員室）、研究室、書庫、等々があるそうだ。

「初めてのクラスメイトはどうだった？　感想を聞かせてくれ」

礼拝堂の椅子に座るとそんな質問を投げられた。

雑談の切り出し方だが、なにか裏があるんだろうな。ハルマン副校長の緑の瞳は僕の顔のシワま

で捉えている。

「リーダーシップのある人間、輪を繋ぐのが上手い人間、人を見下し、それを隠そうとしない人間、馬鹿だけど行動力のある人間、色々な種類の人間を知れました。悪くない」

「その言葉に嘘偽りは無さそうで安心したよ」

「気になることがあります。まず1つ、なぜ副校長のあなたが担任を？　副校長って、クラスを受け持つものなのですか」

「時にはね。どうしても受け持ちたい生徒が居る場合に限るさ。我が校には3人の副校長が居るんだけど、今年は3人共一学年のクラスを受け持った。この意味がわかるかい？」

「新入生が優秀だったから」

「正解〜！　ピンポンピンポーン！　ちなみに副校長は全員特待生を確保している。私は君、他の2人は残りの特待生2人を自分のクラスに入れてるよ」

特待生は僕を合わせて一学年に3人って話だったな。

「2つ目の質問です。なぜ、このクラスだけ人数が18人しか居ないのですか？」

「1つ訂正させてもらおう。このクラスは20人で構成されている」

「はい？　いや、たしかに18人しか……って、まさか」

「不登校生が2人居るってわけさ」

「……正気ですか。下手したらなにもせず退学処分だったんですよね？」

「彼らはまあーぶっ飛んでるねぇ。私が集めた玩具の中でもとびっきり壊れた玩具さ」

「玩具？」

「私にとって生徒は玩具で玩具は生徒さ。私はね、ただただ生徒で遊んで暮らしたんだよ。せっかく教師になったのに生徒で遊ばないなんて馬鹿の極みだろ？」

倫理観がぶっ壊れているな。

「私が欲しい生徒《おもちゃ》が20人しか居なかったから、クラスには20人しか居ない。はい、質疑応答終わり！　さてと、そろそろ玄関に行こうかね。みんなが到着するころだ。あ、きみきみ！　この校舎は土足厳禁だよ！　気を付けたまえ！」

「……あなたの足に付いているのは靴ではないのですか？」

「これは〝上履き〟というものだ。君にも後でプレゼントしよう」

礼拝堂から玄関に移動する。

ぞろぞろと、〝白虎組《ビャッコ》〟の生徒たちが玄関に現れた。

「シャルル！　よくぞここを発見してくれた！」

ギャネットは廊下に上がり、抱きしめてきた。

むさくるしい……！　だが笑顔をキープ、キープ。

「む？　お前……結構筋肉あるな」

「そうかな？」

「シャルル！　ほんっと凄いよ！」

モニカが肩を摑んで褒めてくる。

それからクラスメイトに次々と誉め言葉を貰った。

場が落ち着いてきたところでハルマン副校長は前に出た。

「私が君たちの担任のハルマンだ」

ハルマン副校長の顔は皆知っており、驚きの声が多少上がったが、副校長が担任だと言うのにリアクションは思ったより少なかった。

皆、疲弊している。8時間歩きっぱなしだったからな。仕方ない。

「諸君、疲れただろう。食堂に来たまえ。酒！　肉！　スイーツ！　我が校専属のシェフが作った豪華絢爛な料理が待ってるぞ!!」

酒はダメだろうが。

「飯だメシィ!!」

ハルマン副校長の言葉を聞き、ラント、ギャネット、モニカの3人は涎を垂らした。上2人はいい。モニカ、お前は女性なんだからそれはダメだろう。

ラントが走って食堂へ向かおうとするが、その耳をハルマン副校長が引っ張って止めた。

「いってぇ!?」

「上履きに履き替えろ。ここは土足厳禁だ」

「そんな習慣ウチには無いっすよ！」

「ここのルールは私たちが決める。従えないのなら退学——」

「履き替えまーす！」

全員、下駄箱と呼ばれる靴入れに外履きを入れ、上履き《白い靴》に履き替えて食堂へ向かう。

僕は全員の最後尾についていく。

「貴方」

食堂扉の前で、ヒマリに呼び止められた。

「名前、聞かせて」

「シャルル＝アンリ・サンソン」

「シャルルね。覚えてあげるわ」

髪をさらっと流して、ヒマリは食堂に入っていく。

「おいヒマリ！　俺はラント＝テイラーな！　覚えておけ――」

「退きなさい下民」

「……お、俺は下民のままかよ」

食堂の中からラントの落胆した声が聞こえた。

ラント、喜んでいい。猿から下民にランクアップしてるじゃないか。

ワイワイと騒ぐ食堂。僕は、食堂に入る前に足が止まってしまった。

罪悪感が体を縛り付ける。あの扉の先はきっと温かいなにかで溢れている。僕なんかが、死刑執行人である僕なんかがあそこに入っていいのだろうか……。

そんなうしろめたい感情と向き合ってしまった。

「おーい、なにしてんだよシャルル！　中見てみ？　すっげぇぜ！　骨付き肉だ骨付き肉！」

顔を上げると、ラントとヒマリの姿があった。

「早く来いよ！　ヒマリが腹を空かせて待ってるだろ！」

「わ、私は腹を空かせてなんか――！」

『きゅ～』っと、細い腹の音が聞こえた。下品である腹の音をできるだけ綺麗に奏でようと抵抗した結果、出来上がったような不細工な音だ。

ラントじゃない。ラントならもっと豪快に腹の音を鳴らすはずだ。

「～～っ!?」

腹の音を鳴らした赤髪の女子は、その髪の色に負けないぐらい顔を赤くして――ラントをビンタした。

「なんで!?」

八つ当たり気味にぶたれたラントはヒマリに抗議するも、ヒマリは腕を組んで聞き流す。２人を見ていたら自然と足が動いていた。

僕はラントとヒマリが待っている食堂の入り口に向かって歩いていく。

「いま行くよ！」

食堂の光の中へ入っていく。

それからクラスのみんなと食事を共にした。

こんなにも騒がしい食卓は、初めてだった。

もしも、君がここに居たら、もっと素直に楽しめたのだろうな。学校というものを……。

◆白虎組担任との交換日記◆

氏名：シャルル＝アンリ・サンソン　4月1日（木曜日）

ピックアップ事項：レクリエーション

今日は皆でレクリエーションをやりました。
皆と親交を深めることができ、
有意義な時間を過ごすことができました。
クラス校舎を発見できなかったら退学などという、
無駄なプレッシャーが無ければ
もっと親交を深めることができたと思います。
レクリエーションのルールも曖昧で、
退学をぶら下げるのならもう少し
詳しい説明が必要だったと感じました。
学校側の説明不足、横暴さは
なんとかしてほしいものです。

◆担任コメント◆

ここは学校への文句を言う場ではないぞ。

氏名：ヒマリ＝ランファー　4月1日（木曜日）

ピックアップ事項：レクリエーション

私の指揮のおかげでクリアできたものの、
このクラスのレベルの低さには呆れます。
黒髪の男と水色髪の女が出しゃばったものの、
ロクな指示は出せず、銀髪の女は文句を言うばかり。
アホ面の男は緊張感が無く、頭も悪い。
お腹ばかり鳴らして、頭の中には
ご飯のことしかないのでしょう。
クラスの先行きが不安になります。
辛うじて認められるのはシャルルぐらいです。
まったく、私が居ないと皆退学でしたでしょうね。

◆担任コメント◆

君はまずクラスメイトの名前を覚えなさい。
『アホ面の男』とは誰の事だ。

◆白虎組担任との交換日記◆

氏名：ラント＝テイラー　4月1日（木曜日）

ピックアップ事項：バンメシ

にくがうまかった。
つぎはさかながくいたい。

◆担任コメント◆

君がアホ面の男だな。

氏名：カレン＝ナタリー　4月1日（木曜日）

ピックアップ事項：レクリエーション

レクリエーションはほとんど
活躍することができませんでした。
集中することができませんでした。
理由は、ハルマン副校長なら
わかっていると思います。
1つ聞かせてください。
彼とアタシを同じクラスに入れたのは
わざとですか。

◆担任コメント◆

わざとだ。
気にすることはない。ただの嫌がらせだ。

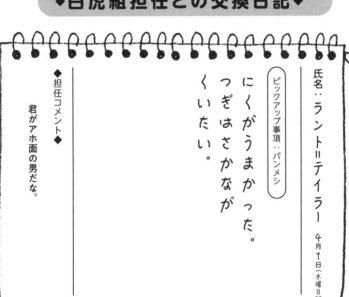

第五章　月光寮

「食事を終えたら寮までの地図を渡すから取りに来い」

食卓の上にある料理が寂しい量になってきたころ、ハルマン副校長は連絡を始めた。

「せんせー、寮は全員同じっすか？」

ラントが質問する。

「いいや、適当に割り振った。ラント、君は残念ながらひとりぼっちだ」

「マジかよ!?　ついてねー」

僕は目の前の皿を空にし、食事を終えて、ハルマン副校長に地図を貰いに行く。

「君はカレン＝ナタリー、ガシャマル＝フウマ、ネストール＝ゴッホと同じ寮だ」

カレンはさっきヒマリに絡んでいた女子だな。他２人は男だということだけは覚えている。

「３人共もうバラバラに出発している」

「わかりました。あの、〈ダーツ城〉に置きっぱなしの荷物は……」

「荷物は私がクラス校舎の前に置いておいた」

隔離結界で運んだんだろうな……。

「君が暮らす寮は第8寮……又の名を」

ハルマン副校長は口にする。僕が長く、世話になる場所の名を。

「〝月光寮《げつこうりょう》〟だ」

「〝月光寮〟……」

僕は荷物である絵画を持って、1人クラス校舎を出発した。

◆

時間はもう19時頃だろう。

僕はこれから自分が暮らす寮を目指して歩いていた。

「……遠いな」

僕はポツリと呟く。

寮の場所が描かれた地図を右手に、左わきには絵画を抱えている。

居住地エリアは寮と学園島に住む商人や教師の家で構築されている。ゆえに全てのエリアのちょうど中心に位置する場所にあった。

縦にも横にも長い建物が一定間隔で並んでいる。この辺りにあるのは全て寮だろう。空は暗く、月光と街灯だけが頼りだ。

僕の寮がある場所はまだまだ遠いらしく、地図に従って歩いて行くと木が出てきて建物が消えていった。

「……そんな……」

僕は目の前の景色を見て、ため息をこぼさずにはいられなかった。

坂だ。それもかなり斜度の強い坂だ。坂の向こうが見えない。

この坂を越えた先に寮はあるそうだ。

毎日坂を歩かなければならないのか。憂鬱《ゆううつ》だな。貧乏くじを引かされたようだ。

息を切らしながら坂を上がると、ようやく寮が見えた。

「ここが、〝月光寮〟……」

2階建て。ボロい、ここに来る途中で見た他の寮はピカピカだったのに……。

レンガじゃ無くて木造りだ。ただ横にかなり広いな。

「ようこそ〝月光寮〟へ」

寮の屋根の上に濃い茶髪の男性が座っていた。丸いサングラスを掛けている。

「よっと！」

男性は屋根の上から僕の前に飛び降りる――が、

「ぐっ!?」

落下の衝撃に足が耐え切れず、地面に膝を付いた。

「カッコつけるもんじゃないな。シャレにならんぐらい痛い」

「……あんな高い所から飛んだらそりゃそうなりますよ」

僕が突っ込むと、ゴホン、と咳払いし、男性は仕切り直す。

「お前がシャルルだな。お前以外の奴はもう全員到着してるぞ」

「そうみたいですね」

「俺が〝月光寮〟の寮長だ。これからよろしくな」

「よろしくお願いします」

頭を下げつつ、目線を寮長に向ける。

寮長は長い茶髪の男性だ。頭にはタオルを巻いている。僕より年上なのは間違いない。大人っぽい、色気を感じる男性だ。けれど20歳を超えているとは思えない。多分3つか4つ上ぐらいだろう。

寮長の顔に見覚えはなかった。

けれど、その髪色と頭のタオルには見覚えがある。

「あの……朝に飛竜に乗っていた方ですよね？　挨拶してくれた……」

「覚えてたのか。そうだよ、朝は騎乗訓練だったんだ。ほれ、寮の右に小屋があるだろ？　アレは飛竜小屋だ。俺が朝に乗っていた飛竜もあそこに居る」

硬そうな鉄の柵の付いた小屋が見える。柵の先では鼻水を膨らませている飛竜の姿が見える。

「入れよ。寮の案内をしてやる」

扉を引いて開け、寮長は中に入る。僕はそれに続く。

寮の1階はキッチンがあり、長い机と椅子が交互に並んでいる。食堂みたいな雰囲気かな。

「ここは談話室だ。キッチンは自由に使っていい。寮生のほとんどはここで飯を食う」

談話室には2人の男子生徒が居た。

「ありゃ、なんだよ男かよ」

髪が爆発している人と、髪が前に突っ張ってる人だ。いま、僕を見てガッカリしたのは爆発している人だ。

「へへっ、男3人で女1人だから、男が多い方に賭けたオレの勝ちだな」

「ちぇっ」

髪が突っ張ってる人はテーブルに乗った2枚の1000オーロの札を懐にしまう。

「紹介しよう。あの頭が爆発してるアフロ野郎がアフロン。頭が突っ張ってるリーゼント野郎はリゼットだ。どっちも二学年」

「「よろしくな、新入生」」

「はい、よろしくお願いします……」

「他にも寮生はいっぱい居るけど、他の寮生の紹介はまた追々するよ。寮のルールとか、設備の説明をするから必要ならメモを取れ」

それから寮長は設備を案内してくれた。

まず1階。談話室、共用トイレ、共用洗濯室、共用保存庫。外には飛竜小屋と一角獣小屋、物置。

2階は全て寮生の部屋だ。

「談話室に置いてある食料は自由に使っていいし、食っていい。ああ、あと、毎朝チャイムバードが鳴くから、目覚ましを用意する必要はないぞ」

「チャイムバード?」

「鳴き声が馬鹿でかい鳥だ」

「どれくらい大きいんですか?」

「明日になればわかる」

寮長は全ての説明を終えると、鍵を出した。

「シャルルの部屋は2階202号室だ。俺は220号室に住んでいる。寮についてわからないことがあった時は部屋を訪ねてくれ」

「わかりました」

「ほい、これ部屋の鍵」

「ありがとうございます」

202号室の鍵を受け取る。

「あとなにか聞きたいことあるか?」

「あ、じゃあ1つだけ」

「なんだ?」

「どうしてここは〝月光寮〟と呼ばれているんですか?」

「月の光がよく当たるから〝月光寮〟って呼んでいる。深い理由はないよ」

それから寮長と別れ、僕は部屋の鍵を開けて入った。

「……今日からここが、僕の部屋か」

部屋は広い。玄関、リビング、トイレ、クローゼット、シャワールーム。ソファー、湯沸かし器、ベッド、長机などの家具も充実している。家具がいっぱいあっても狭苦しいことはない。

僕はまず、絵画の世界に入って豪邸からこの部屋に私物を運んだ。処刑用の大剣は絵画の中に入れたままでいいだろう。絵画は部屋の内装と雰囲気が合っていたため、ベッドの正面の壁に飾った。

それから部屋を見渡す。

埃っぽいな……少し掃除するか。

部屋の隅にあるホウキを拾って部屋を掃除していく。換気をしようとカーテンを開けると、丸い月の光が部屋に飛び込んできた。寮長の言う通り、月光が良く当たる。

掃除を終えたらホウキを端に置き、ベッドに飛び込んだ。柔らかくも硬くもないベッドだ。

枕に顔を埋めながら、全身の力を抜いていく。

「疲れた……」

制服のまま、僕は眠ってしまった。

追憶　その2

僕が10歳になる頃の記憶だ。

「おい奴隷。良いことを教えてやる」

「はい、なんでしょうかご主人様」

虚ろな瞳で聞く。

この頃の僕は一番精神的に病んでいた時期だ。度重《たびかさ》なる処刑、革命戦争の余熱が最も熱かった時期。毎日のように処刑を繰り返し、心も肉体も限界を迎えていた。

そこへ、追い打ちをかけるように、ご主人様は言う。

「お前の両親、死んだらしいぞ」

「え……？」

「お前を売って得た金も賭け事に使い果たして、２人仲良く自殺したらしい。はっはっは！　残念だったなぁ。お前の帰る場所は、もう無い。お前は一生、私の飼い犬だ」

高笑いしながらご主人様は小屋から出て行った。

心のどこかで、僕は両親に期待していたのだと思う。いつか僕を買い戻してくれるのだと。

前にご主人様が５０００万オーロという大金を払えば、僕を売ってもいいと友人か誰かに言っていたのを覚えている。ご主人様は金さえ積めば、僕を解放してくれるのだ。処刑の仕事をやらなくてもいいぐらいの金さえあれば……でも、もうその希望は潰《つい》えた。僕の親だった人たちはあっさりと命を絶ったのだ。僕を買う可能性のあった人間は、あっさりと死んだのだ。なんて、無責任な人たちなのだろう。

「シャルル！　あそぼっ！」

「……っ!?」

アンリが小屋に入ってきたから、咄嗟《とっさ》に涙を拭いた。

でも彼女は僕の涙を見逃さなかった。

「……シャルル。悲しいの？」

アンリが駆け寄ってくる。

鬱陶《うっとう》しいと思った。だから僕は、彼女を突き飛ばした。

「いたっ！」

「あっちに行っていろ！　今はお前と遊んでやる気はない!!」

「シャルル……」

「目障りなんだよ！　うざいんだよお前!!　なにもしなくても食事を与えられ、寝床を与えられ！　服も髪も綺麗にして貰えて……！」

両親の記憶が蘇った。

まだ優しかった頃の両親の記憶だ。

僕の髪が綺麗だからと、丁寧に髪を洗ってくれた母親の記憶。

僕のことを自慢の息子だと、撫でてくれた父親の記憶。

気が付いたら、瞳からポタポタと涙が流れていた。

「……どうせ、どうせ死ぬのなら……！　僕も一緒に連れて行けばよかっただろうに……！」

「シャルル」

僕は、小さな体に、抱き寄せられた。

「よしよし……」

「――ッ!?」

小さくて、柔らかい手が頭を撫でてくる。

僕よりも、小さい体のはずなのに、僕の心は温かく包み込まれていた。

「だいじょうぶですよ～。さびしくないですよ～。アンリが一緒にいますよ～」

「あん、り……」

赤ん坊をあやすように、アンリは背中をさすってくる。

涙が、止まらなくなっていた。

すがるように、彼女の背中を摑む。

「……大好きだったんだ……殴られても、売られても、大好きだったんだ……！」

「うん」

「また、一緒に暮らせるって、思ってたから、頑張れたんだ……！」

「うん……」

泣いた。大声で泣いた。彼女は僕が泣き止むまで、一緒に居てくれた。

この日から、僕にとって彼女は心の支えになっていた。唯一、の――

第六章　遺跡の冒険

「くえええっっ！！！！！！！！！」

「うわっ！！？」

アホみたいに高く、アホみたいに大きな鳥の鳴き声に鼓膜を叩かれ、僕は目を覚ました。

「こ、これがチャイムバードの鳴き声か!?　たしかに、この鳴き声があれば目覚ましはいらないな……！」

それにしても、また夢を見たな。

最近はよく、彼女の夢を見る……。

部屋にあるシャワー室に行く。

シャワーは当然、魔導式。壁に括《くく》り付けられたシャワーヘッドには魔法陣が刻まれており、指で触れると、温かい水が噴射される。もう一度触れると止まる。

「ん」

水が止まった。壁に付いている魔導タンクを見ると、青エーテル（魔力を液状化させたモノ。機器の性能によって色が変わる）が無くなっている。洗面所に予備として置いてあったエーテル瓶を取り、中身をタンクに詰め込むとまた水が出だした。

頭を丁寧に拭き、長い髪を束ねる。

髪が乾ききったところでドアを開け、部屋を出る。冷たく、新鮮な空気が鼻孔をくすぐる。新生活が始まったんだな、と、ここで改めて実感した。

寮の1階、談話室に行く。

「お腹空いたな……」

朝食、どうしようか。

昨日買い物する時間がなかったから朝食を用意できなかった。

……空腹のせいか、なんだか良い匂いがする。

いや、空腹のせいじゃない。本当に良い匂いがする。

匂いに釣られ、キッチンに入る。キッチンに置いてある縦長の鍋の中身が匂いのもとみたいだ。

鍋を上からのぞき込む。

なんだろうコレ。

鍋の中は黒く濃そうなスープで満たされており、スープには多種多様な具材が浮かんでいる。中が空洞な細長の物、ぷよぷよした三角形の物、白くてまん丸の物、知ってる具材はゆで卵ぐらいだ。

くそ、気になる。けど、勝手に食べたら怒られるよな。

「そいつは〝おでん〟って言うんだ」

背後から声を掛けられ、ビクッと体を揺らしてしまった。

声を掛けてきたのは寮長だ。

「腹減ってんのか?」

「は、はい。まぁ、減ってます」

「うし! ちょっと待ってな」

寮長は鍋の中身をかき混ぜ、棚から皿を出し、そこにおでんとやらの具材を乗っけた。

「食ってけよ」

「けど、僕、お金は……」

「おいおい、俺がそんなせこい奴に見えるか? お兄さんからのおごりだよ」

授業開始まではまだ時間がある。

寮長のご厚意に甘え、〝おでん〟とやらを食うことにした。

テーブルにつき、安定のゆで卵から食らう。——うまい。今まで食べたゆで卵で最強の美味さだ。

卵の白身部分から黄身の部分まで余すことなく旨味が通っている。

ゆで卵で舌の緊張がほぐれた僕は、次へ次へと具を口に運んだ。

「その中身が空洞な奴はちくわな。その白いのはハンペン。その三角形のはこんにゃくだ」

ちくわ、ハンペン、こんにゃく。

どれも新食感。似た食感の食材が頭に浮かばない。

「うめーだろ?」

「はい！」

なるほど。この〝おでん〟という料理は、独特な食感の具材を集めて飽きさせないようにしているのか。フォークが止まらない。

どの具材にも味が染みている。この濃いスープがバラバラな個性の具材をまとめ上げている。まるでコンサート。スープが指揮者となり、バイオリン《ちくわ》、ピアノ《ハンペン》、フルート《こんにゃく》の音色《味》をまとめ上げている。

「俺は世界中の面白い料理を試す〝珍料理研究会〟に入ってて、気が向いたらこうやって珍しい料理を試すんだ。今のお気に入りはこのおでんだ。学園島には古今東西のあらゆる食べ物が集まるから、食材には困らない。暇があったら商業エリアにでも行ってみな、きっとお前が見たことない食べ物がいっぱいあるぞ」

さすがは超名門校。食材にも手を抜かない。

「ごちそうさまです」

「お粗末さま。皿は俺が洗っとくから、もう出とけ。時間、余裕ないぞ～」

部屋の時計を確認すると、針は8時15分を指《さ》していた。

朝礼が8時30分から。ここから〝白虎《ビャッコ》組〟クラス校舎まで15分はかかる。時間が無い。おでんとやらに夢中になりすぎた。

「すみません、よろしくお願いします！　礼はいずれ絶対にします」

「いいからいいから。行ってらっしゃい。遅れそうなら右手を天にかざして見ろ。〝ドラタク〟が来るぜ」

ドラタク？　初耳の単語だ。

問い返す暇もないので、僕は頭を下げて外に出た。

坂を下って、大橋を渡り、レンガ街を走り抜けていく。

クラス校舎へ向かう傍ら、金髪の知った顔が目に入った。

「ラント！」

「ひぃ～！　遅刻するぅ！　おはようシャルル！　どうするよこの危機！」

「えっとね、寮の先輩が天に手をかざすと良いって……」

「手をかざす？　こんな感じか？」

ラントが右手を上げると、ずわぁー、っと風切り音が響き、突風が頭上から吹き荒れた。大きな影が、足元に映る。

後ろを見て、顔を上げると、そこには飛竜が居た。背中にはゴーグルを付けたチャラそうな大人が乗ってる。

「ＹＯ！　乗ってくかい学生クン？」

「飛竜!?」

「えっと乗せてくれるんですか？」

チャラ男はＶサインを作る。

「オレたちゃドラゴンタクシー、略して〝ドラタク〟だ！　学生は朝と夕方は無料で乗せるＺＥ」

「じゃあ、一学年白虎校舎までお願いします！」

「了解だＺＥ！　吊革につかまりな」

飛竜は小さく飛び上がる。

飛竜の鞍からは吊革、輪っかの支持具がぶら下がっている。

「え、ちょい待ち！　背中に乗せてくれるんじゃねぇのか？」

「飛竜は背中に２人以上乗せちゃいかんのだＺＥ！」

「ま、マジか……腕、死ぬだろ……」

「でももう時間がない。頼るしかないよ」

僕とラントは吊革につかまり、空の道からクラス校舎を目指す。

「うおおおおおおおっ！　腕が千切れる！！？」

「ドンドンバシバシ飛ばしていくＺＥ!!」

僕は余裕だ。

けどラントは死にそうな顔をしていた。

案の定、白虎校舎に着く直前で、

「あ」

ラントの腕は限界を迎え、吊革から手が離れた。

「おわああああああああああっっ！！？」

ラントは上空から木の密集地に落下した。

僕は白虎校舎まで着いたあと、ラントの落下地点まで戻った。

「大丈夫？　ラント」

制服をボロボロにしたラントに声を掛ける。

ラントは涙目で「二度と使わねぇ」と誓っていた。

なにはともあれ、ドラタクのおかげで無事（僕は）余裕をもって登校することができたのだった。

◆

朝礼。
教室の通路側、一番後ろの席が僕の席だ。隣の席にはラントが座っている。
ヒマリはラントの列（通路側から2番目）の一番前に座っていた。背筋が伸びきった綺麗な姿勢だ。
ハルマン副校長が教壇に立ち、黒板になにやら書き連ねた。
1位　ホリー＝パラソン
2位　アルマ＝カードニック
3位　ヒマリ＝ランファー
4位　……。
順位と、クラスの生徒の名前がセットで書かれている。

なんの順位だろうか。

全ての生徒の名前を書き終えると、ハルマン副校長はこっちを向いた。

「入学前に試験した魔術練度、魔術知識の合計点の順位だ。これは恒例でね。我が校では一番初めにクラス順位を見せることになっている。己の立ち位置を知り、今日からの授業に取り組むように」

「嘘……私が、3位？」

上位の人間は今の順位を保《たも》つために、下位の人間は上を目指すために頑張れってことか。

クラス内、18人の中で、一番結果に落胆していたのは下位の人間ではなく、第3位のヒマリだった。

「先生！　なにかの間違いではないでしょうか！」

「いいや、残念ながら正確な順位だよ」

ヒマリは立ち上がり、クラス内を見渡す。

「ホリー＝パラソン！　アルマ＝カードニック！　誰、顔を見せなさい！」

上位2名の名前だ。

返事をする声はなし。

ヒマリの怒りの形相にビビったから名乗り出ないのか、いや、それともまさか――

「ホリーとアルマはここには居ない。彼らは不登校者だ。入学式にも出ていない」

「は……？」

ハルマン副校長の台詞に驚いたのはヒマリだけではない。

全員が同じことを思ったはずだ。自分は、不登校者に負けたのか、と。

「お笑いだよねー。このクラスのトップツーは不登校の問題児2人なんだからね」

ハルマン副校長はケラケラと笑う。

「〈ユンフェルノダーツ〉では実力がものを言う。実力のない人間はどれだけ素行が良かろうと、平然と落ちこぼれる。——120名だ。この数字がなにかわかるかね？　ギャネット」

「……昨日の退学者の数、でしょうか」

「うんうん、すでにその情報を仕入れていたか。そう、昨日のレクリエーションで3クラスが退学処分となった。彼らが本来クラス校舎として使うはずだった場所はもう図書館に改造されることが決まった。君たちも、あと一歩でそうなっていた。緊張感を忘れるな、研鑽《けんさん》を怠るな。しがみつけよ、最後まで」

ハルマン副校長はそう言い残して教壇を降り、扉に向かう。

ハルマン副校長は教室を出ていく直前、僕に目配せをした。

わかってるさ。

意地でもしがみついてやる。死刑を殺すためにも、落ちこぼれてたまるか。

「シャルル……お前、大丈夫か？」

ラントが心配そうな目をしている。

「お前、ビリじゃん。心配だぜ」

「ラントだって19位……下から2番目だよ」

「……よし、真面目に授業受けるか」

僕とラントは目を合わせて頷いた。

◆

一時間目　魔術基礎Ⅰ

担当は皺の目立つお婆さん、メルディム先生だ。

「我々生物の体には無数の精霊が住んでいます。人は精霊《それ》を魔力と呼んでいます。体内の精霊に命令を出し、精霊の魂を消費して扱う術を魔術と呼びます。ここまでは常識ですね」

初耳です、先生。

「しかし、私はこの魔力、魔術という呼び方は好みません。正確には魔力とは精霊の数を示すのですから霊数、魔術は精霊を犠牲に使うのですから精霊術と呼ぶべきです。ただ、わかりやすさを重視して、他の先生方は魔力・魔術と呼んでいます。悪しき風習ですね」

この先生の前では魔力は霊数、魔術は精霊術と呼んだ方がよさそうだな。

「古代より、どうやって体内の精霊に指示を出すか、それが課題となっていました。ここで問題です。精霊術が使い始められた初期、〝第一世代〟と呼ばれる世代では、どのようにして精霊に指示を出していたでしょうか。ミス・モニカ。答えてみなさい」

「はい。〝第一世代〟では命令文となる呪符を手書きし、指示を出していました」

「エクセレント。正解です。呪符に用《もち》いられるルーン文字は精霊の言語。呪符はいわば精霊に対する指示書や通達文です。素人から見るとなんて書いてあるかわからないですが、翻訳すると『1～30番の精霊の皆さんは炎になってください』みたいなことが書いてあります。その指示に従い、精霊は精霊術へと変幻するのです。では〝第二世代〟はどのようにして精霊に指示を出していたでしょうか。ミスター・ギャネット」

「はい！　第二世代は言葉で精霊に指示を出していました。これを詠唱と呼びます！」

「エクセレント。正解です。現代、〝第三世代〟である我々は、第一世代と第二世代の合わせ技で精霊術を使っています。第一世代は呪符を書くのに手間がかかり、発動までに時間を要《よう》した。第二世代は発動こそ早いものの、言葉による指令は精霊には伝わりづらく、精霊術の威力の低下につながった。


第一世代は速度に劣り、威力に優れた。

第二世代は威力に劣り、速度に優れた。

第三世代はどちらもカバーした完成形です。第二世代の詠唱により、呪符を刻む精霊術を発動する。その呪符を用いて、第一世代と同レベルの精霊術を発動させる。それが、第三世代です」

難しい話だな……。

呪符を刻むぐらいなら威力が低くても問題ない、だから詠唱で呪符を刻む。

その呪符から魔術を発動させる。なんとなくはわかった。

ならば、魔法陣はなんだ？

魔術を使う時、詠唱で呪符と共に魔法陣を道具に刻む。魔法陣にもなにか役割があるはずだ。

その説明を、メルディム先生は忘れてなかった。

「第三世代で現れた新しい要素、それが魔法陣です。魔法陣は循環の意味を持ちます。魔法陣は全て円形で描かれていますね？　この円の上を精霊が走っていると考えてください。杖や剣に呪符と魔法陣を刻み、同時に魔法陣に自身の精霊を送り込む。魔法陣の上を走る精霊は目の前の呪符を見て、精霊術を発動させる。精霊術を発動させる動作《トリガー》は武器種によって異なりますが、基本的には〝振る〟ことで精霊は呪符を読み、指令を行動に移します」

「くかぁー」

頭の処理が完全に追いつかなくなった。復習を重ねて理解するしかないな。

ラントなんかはとっくに理解を諦め、熟睡している。さっきの真面目宣言はなんだったのか。

◆

二時間目　魔術実習Ⅰ
第８修練場（ビャッコ舎に一番近い修練場）。
芝生の地面、周囲は壁に囲まれている。
どこかソワソワしているクラスの面々、教室という箱から放たれたから楽しくなる気持ちはわかる。一限目が窮屈過ぎたからな……。

「諸君、おはよう」

僕の心は深く沈んだ。

ヒマリと、ラントの顔も沈んだ。

現れた実習の先生は、黒いマントを羽織った男だった。

教務室で僕が顎を砕いた男だ。

「ままま、マジかよ……」

「落ち着いて。まだあの件は誰にもバレてないんだから。表情に出しちゃダメだよ」

黒マントの教師——ガラドゥーンは真っすぐと、僕の元へ歩いてきた。

「シャル～ル、アンリィ、サンソォン。私の顔に、見覚えは？」

「会うのは二度目ですね。実技試験以来です」

「……そうか。では改めて、よろしく頼もう」

ガラドゥーンは握手を求め、右手を出して来た。

僕は差し出された右手を握る。

「……っ!?」

「うぅむ」

僕がガラドゥーンの手を握ると、ガラドゥーンはさらに上から左手で僕の手を覆った。

両手で僕の手を撫でまわす。気持ちが悪い。

「ン～？　この拳の感触。確かに覚えがあるのだがなぁ……」

「……気のせいですよ。離れていただけませんか？」

ガラドゥーンは僕の耳元に唇を寄せ、小声で話す。

「隠す必要はない。あの一件について、私がなにか言うことはない。なぜなら私が君を退学に追い込むことは私にとって不利益なことだからだ」

「……どういう意味ですか？」

「私は君に期待しているのだ。君という人間がこの学園でなにを成すのか非常に興味がある。哀れな執行人よ」

ガラドゥーンは僕から手を放し、皆の前に戻った。

「それでは授業を始めよう。今日、私が教授するのは初級魔術の〝フレーミー〟。火炎を生む魔術だ。ただし、その前に教えておくことがある。我が校に合格した諸君にとっては常識と呼べる話だが、お付き合い願いたい。現代の魔術とは、道具に魔導印を刻み、魔導具を作り上げ、魔導具を用いて発動させるもの。扱う際の注意点として、魔導印を刻む物体により魔術の発動形が変わるというものがある。例えば、杖に〝フレーミー〟を宿したら、炎はどういう形で出てくるかね？　ヒマリ＝ランファー、答えてみたまえ」

「杖を振ると、杖の先から炎の球が射出されます」

「正解だ。杖の性質は〝射出・付与〟である。【フレーミー】」

ガラドゥーンは杖に呪符と魔法陣を刻む。

ガラドゥーンが杖を振ると、杖の先から炎の球が現れ、発射された。

「ちなみに、魔法陣の輝きがその魔導具の残弾を示す。これはあと4回も振れば光を無くし、刻まれた魔導印も消え去るだろう」

僕は小声でラントに聞く。

「……ねぇラント、魔導印ってなに？」

「……魔法陣と呪符をセットにした呼び方だよ」

「列車などに刻まれているような永劫的に消えない魔導印を〝エーヴィヒカイト〟、こうして即席で作り上げる使い捨て魔導印を〝アオゲンブリック〟と呼ぶ。ラント＝テイラー、次の問題だ」

ガラドゥーンは短剣を出す。

いきなり出た刃物に、クラスの……特に女子は怯えた。

「これに〝フレーミー〟を刻むとどうなるかね？」

「短剣の性質は〝斬撃〟。なので振ると炎の斬撃が出ます」

「正解だ」

ラントが答えられているところを見るに、いまやっていることは常識的なことなんだろうな。

ガラドゥーンが短剣を振ると、炎の斬撃が出た。

武器種によって、魔術の発動形が変わるのか。面白いな……僕の洗礼術も杖に宿して使うと射出されるのかな。

「このように同じ魔術でも宿す器によって形は変わるわけだ。では最後に、これだ」

ガラドゥーンはゴム製の塊を出し、それに口を付け、ふーっと空気を送り込んだ。

風船だ。ガラドゥーンは風船を掲げる。

「風船に〝フレーミー〟を使うと、どうなる。シャルル＝アンリ・サンソン。答えてみたまえ」

ど、どうなるんだ？

杖の性質は〝射出・付与〟。

剣の性質は〝斬撃〟。

ならば風船はなんだ？

駄目だ。さっぱりわからない。

ラントに『教えてくれ』と目配せをする。

『わからない』というアイコンタクトが返ってきた。

ヒマリに至ってはこっちを見てすらない。

こうなれば適当に言うしかないか……と思ったところで、口を健気にパクパクさせる少女が目に入った。

モニカだ。

小さい口を開いたり、閉じたりしている。

なんと言ってるんだ？　2文字というのはわかるが……。

〝お〟、〝ん〟？

「……ぼ、む」

小さく聞こえた声。

それで僕は答えを察した。

……ボムか！

「爆弾になります」

「……正解だ。【フレーミー】」

ガラドゥーンは風船に魔導印を刻み、風船を空に飛ばした。

さっき〝フレーミー〟を刻んだ杖を振って、風船に火の球を当てた。風船は破裂。爆発音が鳴り、風船から爆炎が散った。

「風船の性質は〝炸裂〟。破裂した際に、刻まれた魔術を高威力で発散させる。トラップなどによく使うものだ」

ただの風船が詠唱1つで凶器に早変わりだな……。

同じ火炎魔術でも、宿す対象が杖か剣か風船かでここまで効果が変わるんだな。

「モニカ＝シルディス」

「は、はい！」

「甘さは弱さ、優しさは強さだ。この違いをよく考えておくように」

「はい……」

モニカが助け舟を出したのを、ガラドゥーンは見逃さなかった。

ごめん、と手振りすると、大丈夫、とモニカは言ってくれた。

「では、〝フレーミー〟の実習に入りたまえ」

支給された木造りの杖。

こう杖を握ると、いよいよ魔術師という感じだな。

「【フレーミー】」

唱え、魔導印を刻む。

杖を振ると、ぷしゅーと腑抜けた音が鳴り、黒い煙が杖の先から出た。

うん、失敗したようだ。

「センスねぇな」

「そういうラントはできるの？」

「もちろんだ。【フレーミー】！」

ラントが杖を振ると、ぱしゃーと腑抜けた音が鳴り、火花が小さく散った。

失敗だな。

「【フレーミー】」

一方注目を集めるはヒマリの〝フレーミー〟だ。

杖の先から射出された炎の球は人間の頭ぐらい大きく、数十メートル先の的《まと》を焼きぬいた。

「さすがはランファー家のお嬢様。別格だな」

「そうだね……」

あんなの当たったらひとたまりもない。

僕も負けじと〝フレーミー〟を実践するも、結果は実らず。

5回振ると魔導印は光を失い消え去った。

良い機会だ。ついでにアレを、

「試してみるか……」

武器によって術の発動形が変わるのなら、洗礼術も大剣に使うのと杖に使うのでは発動形が変わるはず。洗礼術は邪悪なる存在以外には効かない。暴発しても問題はない。

「……【テロスバプティスマ】」

バゴッ！

杖は根元から焼き切れ、弾けとんだ。

「おいおいシャルル、そりゃないべ」

ラントが笑いかけてくる。

僕の杖の先に居たガラドゥーン先生が近づいてきて、僕から杖を取り上げ、三度杖を見た後、

「ふむ」と顎を撫でた。

「やはり君は、レベルが違いすぎるらしい」

ガラドゥーンは微笑む。

「……すみません」

ガラドゥーン先生は杖を没収し、僕に背中を向けた。

「あそこまで言わなくてもいいじゃん。なぁ、シャルル」

「別にいいよ。本当のことだし」

どうして上手くいかなかったのだろう。大剣と杖で同じ詠唱じゃダメなのか？　後でハルマン副校長にでも聞いてみるか。

クラスの半数も火炎を出せないまま、二時間目は終わった。

◆

そして三時間目、騎乗訓練Ｉ
魔術実習をやった修練場で待っていると、奴が現れた。

「ごきげんよう！」

アントワーヌだ。僕と同じランヴェルグ出身で、死刑執行人である僕を劇的に嫌っている男だ。

「げ」と声が聞こえた。

一瞬、僕が無意識に言ったのかと思ったが、明らかに女性の高い声だった。声の方、背後を見ると、カレンが居た。カレンの声だったようだ。

アントワーヌは高い鼻を「ふん」と鳴らし、僕を一瞥する。

「ボクはアントワーヌ＝カトラロフ！　今代最強の魔術師にして、エレガントぅ～なナイスガイだ！　騎乗訓練を担当させてもらう。この騎乗訓練の授業ではドラゴンやユニコーンを操る訓練をする」

アントワーヌは口笛を吹く。すると天高くから黒い飛竜が舞い降りて来た。

「紹介しよう！　ボクのペットのブラックリザードだ」

首の長い飛竜だ。トカゲのような顔つきをしていて、あまり可愛げがない。

「……もしかして、アレに乗らせてもらえんのかな？」

右隣に座るラントが言うと、左隣に座っているヒマリが「馬鹿ね」と返した。

「……飛竜はそう簡単に操れない。最低でも1年の訓練が必要よ。初心者が乗れば、遥か上空から叩き落とされることもある」

「……ひえー、それはごめんだな」

アントワーヌは帽子に掛けていたゴーグルを目の位置に装備し、ブラックリザードの頭を撫でる。

「……どうしてゴーグルをつけるの？」

僕は隣のヒマリに聞く。

「……飛竜と目を合わせないためよ」

ヒマリは飛竜の方へ視線を飛ばす。

「飛竜は人の目を見て、その人の人格を見るの。相手が格下だと感じたら、絶対に背中に乗せない。無理やり背中に乗れば暴れ出すわ」

アントワーヌは飛竜に跨る。

「これよりボクが美しい飛翔を披露する。お手本だ！　よく見ておきたまえ!!　はっはっは！」

高笑いしながらアントワーヌとブラックリザードは修練場の空を飛び回った。

だがブラックリザードはジグザグに、不規則に、汚い軌跡を描いて飛翔した。アントワーヌも振り回されている様子だ。

「なによアレ。全然乗りこなせてないじゃない」

「俺達が学園島に来た時に見た飛竜の方が綺麗に飛んでたぜ、なぁシャルル」

「そうだね」

寮長の方が遥かにうまく飛竜を扱っていた。

ぜぇぜぇと息を散らしながら、アントワーヌは降りて来た。髪も服も乱れていて、気品の欠片も感じない。

「ふぅ。こんなものだろう。では次に、そうだな……君たちの誰かに飛竜に乗ってもらおうか」

ヒマリが立ち上がった。

立候補する気か？　と思ったのだが、

「先生、飛竜に素人を乗せるのは危険です。騎乗はまだ早いのでは？」

「ボクのやり方に異議を唱える気か？　この授業はボクの支配下にある。口ごたえは許さん」

ヒマリは眉間にシワを寄せ、座った。

アントワーヌは下卑な笑顔と一緒に僕に視線を合わせた。

「シャルル君。乗ってみなさい」

そう来ると思った。

口ごたえしても無駄だろう。反論せずに立ち上がる。

「……大丈夫かシャルル」

「……危なそうなら逃げるよ」

僕はアントワーヌの前まで歩いていく。

「先生、ゴーグルを貸していただけないでしょうか？」

「ゴーグル？　そんなものはなくて大丈夫だ。ブラックリザードは人懐こい性格でね、暴れることはない」

さっきの蛇行を見てると、とてもじゃないがそうは思えない。

「危険です！」

ヒマリは強い声色で言う。

だがアントワーヌに睨まれると、ヒマリは黙ってしまった。

「……わかりました」

僕はゴーグルなしでブラックリザードに近づく。

背後から、すり足で近寄っていく。

目を合わせなければいいんだ。そうすれば、問題は――

「リザード!!」

僕の背後でアントワーヌが叫んだ。

「お前……！」

アントワーヌに呼ばれたブラックリザードは振り向き、僕の目を見た。

「**ガウッ!!**」

ブラックリザードは低空飛行で近づいてくる。

「シャルル逃げろ！」

ラントが叫ぶ。女子生徒が悲鳴をあげる。

僕はブラックリザードの目をそらさずに見た。

ブラックリザードは最初こそ勇猛に吠えるが、すぐに汗を浮かばせ、最後は屈服したように頭を差し出した。まるで死刑を受ける受刑者のように。

「なっ!?」

アントワーヌが驚いたような声を出す。

「何が起きたんだ、こりゃ……」

「……飛竜が、シャルルを格上だと認識したのよ」

信じられない、とヒマリは呟いた。

ブルブルと震えるブラックリザードに近づき、優しく頭を撫でる。

「背中、乗せてもらってもいいかな？」

「**がう**」

ブラックリザードに跨り、上空を飛んだ。

ブラックリザードは綺麗に円を描いて空を飛び回った。

風を切り裂き、青空を突き進むのは楽しかった。どんどん修練場が小さくなっていく。

クラスメイトが歓声を送ってくれている。アントワーヌは恨めしそうに僕を見上げていた。

思う存分飛んだあと、修練場に戻るとクラスメイトが囲ってきた。

「お前、いきなり乗りこなしたな！　どうだった？　飛竜に乗った感想は！」

ラントが興奮気味に質問を飛ばしてきた。

「……すごく楽しかったよ。初めて経験する感覚だ」

ラントは小さな声で、

「……正直、アントワーヌなんかより、よっぽどうまく乗りこなしてたぜ」

アントワーヌはそれから気の抜けた様子で授業を進めた。

アントワーヌは授業が終わると、僕を飛竜小屋へ呼んだ。

アントワーヌはブラックリザードを小屋に戻すと、僕の胸倉を掴み、小屋近くの大木にうちつけた。

「調子に乗るなよ執行人が！」

「調子に乗ってなんか――」

「お前なんぞ、ここに居る資格はないんだ！　早く消えろ！　今すぐ消え失せろ!!」

怒りの形相だ。ご主人様を思い出すな。

「お前も処刑されてしまえばいいんだ。〝ランヴェルグ監獄襲撃事件〟の主犯――アンリ＝サンソンのように!!」

「――っ!?」

「たしかお前の恋人だったな……街一番の悪女だった！　奴が死刑囚を解放したせいで多くの命が散った！　忘れないぞ、ボクはあの悲劇を!!」

アンリの名を聞いて、僕はアントワーヌの右腕を、僕を摑んできている右腕を右手で強く握った。

「つっ!?」

アントワーヌの顔が痛みから歪む。

「悪女？　悪女だと……！　僕のことをいくら悪く言っても構わない。彼女をこれ以上貶してみろ――」

アントワーヌは腕を押さえながら僕と距離を取り、杖を構えた。

「ぼ、ボクを攻撃するつもりか？　ボクは教師だぞ！　教師に暴力を振るうなど、許されないことだっ!!　それぐらいの常識はあるだろう！」

「相手が誰だろうがやる時はやる……もう忘れたのか？」

肩で息をするアントワーヌを、真っ暗な瞳で見る。

「――僕は恋人を殺した男だぞ」

〝常人と同じように考えるな〟と脅迫の意味を込めて言う。

アントワーヌは怯えから目を泳がせた。

「アントワーヌ先生」

第三者が介入してきた。

ハルマン副校長だ。

アントワーヌはハルマン副校長を見ると慌てて杖を隠した。

「私の生徒はこれから四限の授業があります。いい加減、解放してくれませんか？」

アントワーヌは僕とハルマン副校長を交互に睨む。

「このままで済むと思うなよ！」

そんな小者の台詞を吐いてアントワーヌは去っていった。

ハルマン副校長は葉巻を手元で遊ばせながら口角を歪める。

「アレの相手は苦労しそうだなぁ。ま、頑張りたまえよ」

「なんで楽しそうなんですか……」

◆

放課後。教員室。

「というわけで、なぜか洗礼術を込めたら杖が壊れたんです」

「それはね、君の洗礼術に杖が耐えられなかったのさ」

僕は二限の魔術実習Ｉにて起きたことをハルマン副校長に話した。

「杖は射出＆付与という優秀な性質を持つが、魔術に対する耐久性は剣や槍などの面積が広く金属製の物に比べると脆《もろ》い。君の洗礼術の練度は極めて高いからね。洗礼術自体も物を選ぶ。杖やナイフとかじゃ君の洗礼術を受け止めきれない」

「杖はまだしも、ナイフもダメですか？」

「試してみるかい？」

ハルマン副校長は折りたたみ式のナイフを投げて来た。ナイフをキャッチし、右手に持つ。

僕はナイフの刃を起こし、詠唱する。

「【テロスバプティスマ】」

ナイフに魔導印が刻まれると共に、ナイフの切っ先から柄まで塵となって消失した。

さっき、杖に洗礼術を宿した時は焼き切れて壊れたけど、物によって壊れ方が違うのか。

「大剣とか、ハンマーとか、そういった頑丈且つ面積のある得物じゃないと駄目ってわけですね」

「そうだね。杖でも耐久性の高い素材で作られている物なら、一度ぐらいは耐えられるかもね。あと、注意するのを忘れていたけど、洗礼術はなるべく使うな。アレは処刑人の術、知識のある者なら洗礼術を見ただけで君の素性に勘づくぞ」

そうだった。気を付けなきゃな。

「了解です」

それにしても洗礼術は大剣にしか使えないのか。杖やナイフなら持ち運べるが、大剣とかになると目立つし邪魔になる。

「では、友人を外に待たせているので失礼します」

「くくっ！　『友人』か」

「なにか？」

「いいや、学生生活を楽しんでいるようで安心しただけだ」

ムカつく笑顔だな。まぁいい。

教員室から出ると、ラントが僕の鞄を投げてきた。

「おせぇよシャルル。腹減っちまったぜ」

「ごめんごめん」

校舎を出て、帰路につく。

「明日は土曜日かぁ。土曜は午前中で授業終わりだよな？」

「時間割表ではそうなってたね。二限までで終わりになってたよ」

「しかも二限ともクラス学習。クラス学習って書いてあったな。なにやるんだろう？」

クラス学習。となれば、クラスでなにかをするのだろう。

仕切るのはハルマン副校長だろうな。

何事もなければいいが——

◆

翌日。

ベッドから体を起こし、支度をして寮から出る。空を見上げると飛竜がポチポチと見えた。ドラタクか、もしくは飛竜で登校している生徒だろう。

ポカポカの通学路。自然と欠伸《あくび》が出てしまう。

今日は土曜日、午前中で授業は終わり。気楽だな。

不安があるとすれば今日のクラス学習だ。ハルマン副校長が突飛なことを言いださなきゃいいけど……。

「皆の衆！　遠足に行くぞー!!」

一時間目　クラス学習。

いつも通り葉巻を咥えて、上機嫌にハルマン副校長は腕を振り上げた。

モニカだけが気を使って「おー！」と拳を上げた。

「遠足って、えっと、どこへ？」

なにから聞くか迷って、そんな普通な質問を投げかけたヒマリであった。

「この学園には５つのエリアがある。学園エリア。商業エリア。居住地エリア。自然エリア。遺跡エリア。今日はその中の１つ、自然エリアに行く。自然エリアには秘薬の元となる薬草だったり動物だったりが多く存在する。君たちにはそれらを集めて、秘薬を作ってもらう。秘薬の出来でスコアを付け、成績に加算するというわけだ」

また僕には難しそうな授業だな……。

というか遠足とか言って、学園内から出ないじゃないか。

「……ラント、秘薬ってなに？」

「……魔術師に伝わる秘伝の薬のことだよ。お前、なんにも知らねぇのな」

表面上は秘薬学の勉強で、本命は自然エリアの見学だろうな。

「3人1組のグループを作ってくれ。自然エリアに着いたあとはそのグループで動き、グループ単位で秘薬を提出してもらう」

よし、好都合。

そうと決まれば秘薬学に詳しそうな人間と組もう。

「とりま、俺とお前は決定だよな」

「そ、そうだね……」

ラントか。秘薬学に詳しいとは到底思えないが、断れる空気でもない。

最後の1人に賭けるしかないな。

誰がいいか。個人的にはモニカかギャネット辺りがやりやすいが、どっちも人気者でもう取られている。

視界の隅にヒマリを発見。

ヒマリはチラチラとこっちに視線を送っている。

「ごほん」

咳払いまでしてきた。

そこまでするなら声をかけて来ればいいだろとも思うが、自分から他人を誘うなんてヒマリのプライドが許さないのだろう。『どうして優秀な私を誰も誘わないのよ!』……と思っているに違いない。

「え～っと、ヒマリ。もしよかったら組まない？」

「ふんっ。別にいいわよ。足引っ張らないでね」

今日もヒマリは平常運転だ。

「グループが出来たらリーダーを決めてくれ。リーダーは採取用のナイフとカゴを取りに来るように」

なにも相談なく、ヒマリは採取用の装備一式を受け取った。当然と言わんばかりに彼女はリーダーになった。別にいいがな。でも一言ぐらいなにか言ってほしいものだ。

僕達は学園エリアを出て、大橋を越え、自然エリアに入った。

◆

自然エリアは本当に自然しかない。

森ばっかりだ。背の高い山もある。あの山のてっぺんからは学園が一望できるらしい。

見たことの無い植物が多くある。人間を飲み込みそうな食虫植物や、トランポリンのように跳ねられるキノコなどなど多種多様である。ラントは珍しい植物を発見する度《たび》遊びだすが、その都度《つど》ヒマリに注意されていた。

背負いカゴにヒマリが指示する植物を入れていく。ヒマリはもう作るべき秘薬を決めてある様子だ。ヒマリに任せておけば問題なく課題クリアできるだろう。

「な～、もうそろそろよくね？　さっきからなに探してるんだよ」

「今ある材料じゃ平凡な秘薬しかできないわ。もっと珍しい物が欲しい」

「十分じゃないかな。そこまで凝った物作らなくても大丈夫だと思うけど」

「二流の発想ね。やるからにはトップを目指すわ。私と組んだからには妥協は許さないわよ」

ヒマリに付き合い、先へ先へと進んでいく。

するど、段々と森は無くなってきて、代わりに妙な建築物が見えるようになってきた。

「なに、ここ？」

土埃が舞う大地。

そこにあるのは古びた宮殿や広く平らな建築物。

人間が作った物であるのは確かだが、遥か昔に捨てられたとわかる建物ばかりだ。

過去の人々が作り上げた建築物がまとまって存在し、それが時を越えて神秘的なオーラを纏った古代の痕跡。

人はそれを——遺跡と呼ぶ。

「おい、ここってまさか、立ち入り禁止の——」

「遺跡エリア……ね」

僕らはいつの間にか、踏み入れてはならぬ場所に居た。

「遺跡！　大遺跡だ！　探検しようぜ探検っ！」

「ふざけないで」

ヒマリがラントの言葉を一刀両断する。

「どういう理由で立ち入り禁止かは知らないけど、ここに入ったことが学校側にバレたら面倒よ。引き返すわ」

「でもよ、でもよ！　ここにならん、森にはなかった珍しい素材ってやつもあるんじゃないのか？」

「それは……」

「トップ狙うならよ、行くしかないべ！」

少年心全開のラント。

成績のために、遺跡を探検するのはアリと考えるヒマリ。

そして僕は——

「僕は反対だよ」

ここで妙なリスクを負うのはご免だ。

ここは僕が説得して２人を連れ戻す。

「みんなのところへ戻ろう。授業終わりまで時間がない。秘薬を作成するのにも時間はかかるでしょ？　素材はいっぱい集まってるし、帰り際に珍しい素材が見つかる可能性もある。なによりここは危険——」

隣を見ると、ヒマリとラントの姿はもう無かった。

彼らはすでに、目の前の巨大遺跡の入り口に足を踏み入れていた。

「おーい！　早く来いよ〜！」

「しっ！　大声出さないで！」

「まったく……」

仕方ないな……。

◆

遺跡の中は迷路のようだった。

一定距離ごとにたいまつの火があるものの、薄暗い。10メートル先は見えない。通路の幅は縦にも横にも広く、分かれ道は多岐にわたる。道はきちんと覚えているので、戻る際に迷うことはないだろう。

「あった！」

ヒマリは通路の途中で、端っこに生える紫の花を見つけて近寄り、切り取った。

「〝シュラーフブルーム〟。眠気を誘う花よ。これがあればドラゴンすら昏倒させる秘薬を作れるわ」

つまりは睡眠薬か。

「お、お前、そんな恐ろしいモン作ろうとしてたのか……」

ドラゴンが昏倒する睡眠薬。それ、人が飲んだら死ぬのでは？

「目的を達成したなら引き上げよう」

「そうね」

「ちぇー、俺はもうちょっと進みたかったけどな」

通路を引き返そうとした時、

「君たち！　そこでなにをしている!!」

正面から人影が歩いてきた。

男性の教師だ。手に杖を持って、僕達に向けてきている。

「やっべ……!?」

「これはもう、どうしようもないね……」

諦める僕とラント。

ヒマリは凜とした面持ちで、男性教師の前に出る。

「すみません。自然エリアからここへ迷い込んでしまって。誰か居ないか探していたところなのです」

「む？　それは本当か？」

「はい。いつの間にかここへ出ていて……」

ズシン。ズシン。と大きな音が聞こえる。

なんだろう？　この音。近づいてきているような。

「そうか。自然エリアから遺跡エリアにかけてはわかりやすい仕切りがないからな。他のエリア間と違って橋が架かってるわけでもないし、結界も故障中だ……君たちは一学年か。わかった。そういうことなら大目に見よう。速やかに出ていきなさい――」

巨大な拳が目の前を通った。

教師の体が吹き飛び、壁に打ち付けられた。

「**にひっ**」

6本の腕を持った人型の巨大モンスターが、現れた。

黒色の目、苔だらけの汚い体。

ギョロリと1つしかない巨眼《きょがん》が見下ろしてきた。

「きょ、巨人!?」

ラントの声が迷路に響く。

巨人、トロール。それも多腕のトロールだ。

「そんな、どうして……」

ヒマリは後ずさりながら、トロールではなく吹き飛んだ教師を見た。

壁に叩きつけられ、地面に落ちた教師は力無く横たわっている。

素人なら気を失っているだけに見えるかもしれない。

けど、僕にはハッキリとわかる。

落ち切らない瞼、拍動しない体、

――何度も見てきた、死人の顔色……!!

「逃げろォ！！！」

素の声で、僕は叫んだ。

ラントはなにも言わず、一目散に走り出した。

僕も駆け去ろうとする。が、ペチン、という音を聞いて、足を止めた。

「――ぁ、ぁあ」

腰を抜かして、尻もちをつくヒマリ。

顔は恐怖に染まり、瞳からは涙が流れていた。

トロールはヒマリに手を伸ばす――

「こ、の――!!」

ヒマリの体を右腕に抱き、踏み込んだ右足を軸に飛びのく。

トロールの腕が豪風を纏いながら迫る。

トロールの攻撃は避けきれず――僕の左肩はトロールの爪によってパックリと裂かれた。

「ぬっ、ぐ――!?」

「シャルル……」

左肩に激痛。皮と肉が裂けたか。骨はかろうじて繋がってるな。

どくどく血が零れる。気にしてる暇はない。ヒマリを抱えて、ラントの横まで走る。

背を追ってくるトロール。足が速い……僕1人なら逃げ切れるものの、ヒマリを抱えながらじゃ無理だ。

「ラント！」

「死ぬオア死ぬオア死ぬオアしぬぅ！！！」

「ラントォ!!」

「死ぬもしくはしぬぅ！！！」

ラントの目は泳ぎ切っていて、耳は自分の心の悲鳴で塞ぎ切ってるようだ。

「おちつけぇ!!」

「ぐへぇあ!?」

ラントの顔に頭突きをかます。

「いってぇ！　なにしやがんだ!?」

「縫合魔術だよ、ラント！」

「縫合？」

「縫合魔術でトロールの足と地面を縫い付けて！　それで数秒は足止めできるはず！」

「そ、そっか！　その手があったな！」

ラントは腰紐に括り付けてあった杖を取り、トロールの足元に向ける。

「【ナートン】!!」

ラントの杖から出た光の糸が、トロールの右足と地面を縫い付ける。

トロールは躓《つまず》き転倒。転倒と同時に光の糸は消えてしまった。

「シャルル！　あそこ見ろ！　階段があるぞ！」

下の階、つまりは地下の階に繋がる階段を発見。僕達は階段を下り、迷宮の深い闇に入っていく。

「はぁ……はぁ……！」

階段を下り、暫く走ったあと、壁に背を預けて座り込む。

僕は震えるヒマリを、ゆっくりと地面に降ろした。

◆

「ヒマリ、大丈夫？」

「ええ……大丈夫よ」

ヒマリの顔は赤く染まっていた。

咄嗟の状況に動けなかったのが恥ずかしいのか、それとも僕に助けられたのがプライドに障ったのか、ヒマリは顔を背けてしまった。

よし。恥ずかしがれるということは、ある程度冷静さは取り戻しているということ。この場に居る人間で一番能力があるのはヒマリだ。ヒマリが使い物にならないと困る。

「な、なんなんだよアイツ！　なんだってここにトロールが居るんだよ!?」

「わからないよ。今はあのトロールが居る理由はどうでもいい。どうやってここから逃げるか……」

地震が一定のリズムで訪れる。トロールが歩く度、遺跡中が揺れているのだろう。

「ぐっ!?」

僕は右ひざをつき、右手で左肩を押さえる。

痛い……左肩の感覚がなくなってきた。想像より傷が深いか……！

「ね、ねぇ……大丈夫なの、それ……」

「馬鹿！　大丈夫なわけねぇだろ！　おいシャルル！　しっかりしろ！」

「あっはは……結構、深いみたいだね……」

「待ってろ。今、縫合するから……！」

ラントが杖を振り、光の糸で僕の傷口を閉じた。けど簡易的に縫い止めたに過ぎない。痛みが多少やわらぐだけで、左腕は動きそうにない。

くそ、奴を倒すにも、この状態じゃ難しいな。

ヒマリの焦点が合わなくなってきた。動揺してるな。

「お、俺が遺跡に入ろうなんて言わなきゃ……」

「……私、私のせいで……」

あぁそうだ、お前らのせいだ。

でも、僕も自分で判断してついてきたし、助けたんだ。

ここに居る全員の責任だ。だから、ここに居る全員で切り抜ける。

「……ヒマリ。透明化の魔術をみんなにかけて。そうすれば逃げられるはずだ……」

「私の練度じゃ匂いや音までは消せないわ……血の匂いがベッタリついた貴方じゃ、多分、逃げきれない」

透明化の魔術をかけたところで、肩から漏れる血でトロールに見つかるか。どうする、考えろ……考えろ……！

「進もう」

僕は提案する。

「上の階はトロールがうろうろしてるから戻るのは危険だ。だったらこの遺跡を進んで、別の出口を探した方がいいと思う」

「灯りもなしにここを進むのは……き、危険じゃないか？」

「灯りならなんとかなるわ。【フレーミー】！」

ヒマリは杖を出し、魔導印を刻み、炎の球を杖の先に作ってたいまつ代わりにした。

「先に進んだら、もっとヤバい魔獣が居る可能性もあるだろ！」

ドクン、ドクン、と心臓の音が聞こえた。僕のじゃない、ヒマリとラントの心臓の音だ。

「見て！」

ヒマリが声を上げた。

「足跡よ！　埃を被ってない、新しめの足跡だわ！」

ヒマリが杖の先を下げて、地面をより強く照らした。

ヒマリの言う通り靴の足跡がある。それも大きい、成人男性のものだ。足跡は奥に続いている。

「そんじゃあ、この足跡を辿っていけば人に会えるってわけだな！」

僕達は顔を合わせて頷いた。

「行こう」

僕はそう言って真っ先に奥に歩みを進めた。灯りを持つヒマリが右隣を歩く。ラントは一歩引いて、後ろを確認しながらついて来た。

「ヒマリ。採集用のナイフを貰ってもいいかな？」

「どうして？」

「僕は杖を持ってないんだ。僕も念のため武器が欲しい」

「……まったく、魔術師なら武器の1つでも持ち歩くものよ」

小さな説教のあと、ヒマリはナイフをくれた。

「なぁ、こういうとこってさ、トラップとかあるんじゃねぇか？　迷宮にトラップは定番だろ？」

「あると言うより、あったと言うのが正しいわね」

通路のあちこちに破損が見えた。

破れた魔導印の刻まれた札、散らかった刃物、監視悪魔アオゲルの死骸、他にも破壊の跡が見える。

「なんだよコレ……！」

「誰かが罠を突破したのね。恐らくはこの足跡の主よ。間違いなく魔術師……」

「もしかしてだけど、さっきのトロールはこの先に居る魔術師の使い魔なんじゃないかな」

「私も同じことを考えていたわ。遺跡の奥にはなにかこう、宝のような物があって、それを探しに来た誰かが邪魔が入らないようトロールを放った……そう考えれば今の状況もしっくり来る。あのトロールは間違いなく使い魔。使い魔が〈ユンフェルノダーツ〉の教員を攻撃したのだから、その使い魔の主人は〈ユンフェルノダーツ〉の敵対者よ」

ヒマリは尋常じゃない量のトラップを見て考察する。

「そ、それってかなりやばくないか？　あんな化物を操る奴だろ！　生半可な魔術師じゃねぇって！」

「そんなのわかってるわ！　大声出さないで!!」

「……ヒマリの声もでかいよ」

「最悪のパターンは挟み撃ちにあって、同時に魔術師とトロールを相手にするパターンよ」

「じゃあ戻ろう！」

「戻ったらトロールだよ」

「じゃあ進もう！」

「進んだら魔術師よ」

「だーっ！　もうどうしようもねぇじゃねぇか！　――助けて兄貴助けて兄貴助けて兄貴……！」

ラントは壁に手をついて『助けて兄貴』と呟き続ける。

「なっさけない！　これだから下民は嫌なのよ」

「お、お前だってさっき泣いてたくせによ……！」

ヒマリは顔に血を上らせ、キッとラントを睨んだ。

「な、泣いてないわ！　もういい。貴方はそこで待ってなさい！　あのトロールを相手にするより術者を叩いた方が楽だわ。行くわよ、シャルル！」

「あ、うん」

僕とヒマリは奥へと進む。

数秒歩くと、後ろからラントが駆け寄ってきた。

「置いてくなって！　俺は1人じゃなんもできないんだからよ！　ヒマリ、敵が現れたら全力で俺を守ってくれ！」

「言ってて恥ずかしくないわけ？」

「2人とも喧嘩は程々に。どこに敵が居るかわからないんだから」

緊張感というものがないな。今がどれぐらい危険な状況なのかわかっていないのだろうか。

見知らぬ場所で、見知らぬ敵に囲まれている。こっちの戦力は生徒3人……絶体絶命と言っても過言ではない。

遺跡を進むと、螺旋階段が見えた。

「階段の下から気配を感じるわ。透明化の魔術で姿を消して、音を出さないよう階段を下りるわよ」

「も、もしも、さっき言ってたようにやべぇ魔術師が居たらどうする？」

「奇襲で倒す。シャルル、貴方なら物音立てずに相手を昏倒させられるかしら？」

「できると思う。任せて」

「もしもシャルルの奇襲が失敗したら、ラントの縫合魔術《ナートン》で足止めして、私の火炎魔術《フレーミー》で仕留めるわ」

「うん、それでいこう」

「……なにをニヤニヤしてるの？　話聞いてた？」

ヒマリが苛々した声でラントに言う。

たしかにラントはニヤニヤしている。

「いやぁ、だってお前、はじめて俺のことラントって言ったじゃん？　俺の名前も覚えてたんだなーって思ってよ！　なんか、ちょっぴり嬉しかった！」

「……殴っていいかしら」

「今は我慢して」

ヒマリは溜息をつき、杖に向かって詠唱する。

「【カヴァート】」

ヒマリは灯りを消し、透明化の魔術で僕達の姿を消した。

足音を立てぬよう、螺旋階段をゆっくりと降りていく。そして辿り着いたのはだだっ広い空間だ。

石壁に囲まれている。巨人が通れそうな巨大な扉がある。

その扉の前には……真っ黒なローブを纏った巾肉高身長の人間がいた。フードまで被っていて、こちらからでは背中しか見えない。

あれが足跡の主で間違いない。

男は扉に手を伸ばす。

「――ッ！！？」

バチッ！　と扉に電流が走り、男の右手を弾いた。

男の右手の手袋は破け、右手は黒く焦げた。

「……ここに来て隔離結界。ハルマンの仕業だな、準備なしでこれを突破するのは不可能……遺体は間違いなく、この先にあると言うのに。面倒なことをする」

男の声が聞こえた。

なんだ、今の声……聞き覚えがあるような。

男がバッと振り返った。

男の顔は包帯まみれ。緑の瞳だけが包帯の隙間から見える。

「練度の低い〝カヴァート〟だ。出てこい」

男はどす黒い、蛇の巻かれた杖を向けてくる。

「3人居るな……まったく、邪魔が入らぬようトロールを置いてきたというのに」

ヒマリは透明化の魔術を解いた。

透明化したままでは僕達で連携が取れない。バレたのなら、隠すこともないと考えたのだろう。

ラントは震えた腕で、ヒマリは真っすぐと伸びた腕で、杖を持ち男に向けている。

「私と戦うつもりか？」

「おとなしく杖を下げなさい！　貴方に勝ち目はない！」

「ほう？　たった3人の子供に、私は負ける気がしないがね」

「ここに来てるのは私達だけじゃない！　私が合図すれば仲間が増援に来るわ!!」

「え!?　そうなの！！？　他に仲間いたのか！」

ヒマリのブラフをラントが台無しにする。

男は包帯の上からでもわかるぐらい、笑みを浮かべた。

「打ち合わせしてからブラフを張るべきだったね、お嬢さん」

ヒマリの顔が恥ずかしさから赤くなる。

「おや？」

男は僕を見た。

僕も男の目を見た。

——なんだ？

この男の目、声、覚えがある。

「久しいな、執行人」

「久しい、だと……」

なんだ、なんだこの感情は。

奴を見ていると、腹の底から怒りが湧いてくる。

「しかし、ここに君たちが居るのなら、そう遠くない内にハルマンが飛んでくるだろう。彼女と戦うのは面倒だな」

男は杖を振り、閃光をまき散らした。

「うわっ！」

僕達は全員、閃光に目を眩ます。

「ここは撤退しよう。安心したまえ、退屈はさせん」

瞼を開くと男の姿はなかった。

次の瞬間、背後の螺旋階段が崩壊した。

「**ガアアアアアアアアアアアアアアアッッ!!**」

６本腕のトロールが、螺旋階段を踏み砕いて降りて来た。

遺跡を壊さんばかりの叫び声。ラントは戦意を喪失して杖を下げた。

「お、おしまいだ。くそったれ」

「あの男が、トロールを呼び込んだのね……！」

こうなってはもう仕方がない。

「……倒すしかない」

ポツリと呟く。

もうそれしかない。

この空間にある扉は１つ。だがあの扉はきっと簡単には開けられない。退路である階段は断たれた。

僕達にトロールから逃げられるほどの機動力はないんだ。やるしかない。

「ヒマリ。ナイフに【フレーミー】の魔導印を刻んで！」

こんな戦闘用じゃないナイフじゃ間違いなく洗礼術には耐えられない。

でも、下級魔術である【フレーミー】になら耐えきれるはずだ。

「どうして――」

「早く!!」

ヒマリはグッと表情を引き締め、右手をナイフに向けた。

「【フレーミー】!!」

僕は魔導印が刻まれたナイフを持つ。

「弾数は？」

「5式よ」

「わかった」

「待てシャルル！　その傷じゃ無理だ!!」

トロールの右足に向かって走る。

ナイフを握り、そして、薙いだ。

ナイフの切っ先は炎を灯し、トロールの右足の皮膚を焼き切った。

トロールは体を反転させて、僕に狙いを定めた。

多腕による殴打。

一撃一撃を丁寧に躱《かわ》して、トロールの上部右腕に飛び乗り、駆け上がり、顔面に炎の斬撃を喰らわせる。――が、掠《かす》り傷。皮膚と肉は裂けても、骨までは断てない。

「くっ――はぁ!?」

トロールの頭突きをモロでくらった。肋骨が折れる音がした。

呼吸がきつい。呼吸に気を取られ、受け身に失敗。地面に背中と後頭部を叩きつけ跳ね上がる。

僕を追撃せんと、トロールの左足に血管が浮かび上がる。左足が上がる――その直前で、トロールの左足が地面に縫合された。

「立てるかシャルル!?」

ラントは杖をトロールに向けている。足は残像が見えるほど震えていた。

「ここここここの野郎……！　俺のダチはやらせねぇぞ!!」

ラントの後ろでは、ヒマリがなにかを両手で練って持っていた。紫色の団子だ。

その団子の正体を、僕はすぐに察した。

――『〝シュラーフブルーム〟。眠気を誘う花よ。これがあればドラゴンすら昏倒させる秘薬を作れるわ』

「ヒマリ！　その団子を僕に投げるんだ！」

ナイフを捨てる。

「投げるわよシャルル！」

ヒマリは僕の指示を受け、団子を僕に向かって投げた。僕はジャンプしてそれを受け取る。

この団子の正体は間違いなく睡眠薬。ヒマリが作ろうとしていたドラゴンすらも眠らせる秘薬。

本来の物よりかなり雑に作ってるだろうが、ドラゴンよりも弱い存在であるトロールが相手ならこれでもいけるはずだ。

壁を登り、壁を蹴ってトロールの顔面目掛けて飛ぶ。

トロールは僕らの狙いを察したのか、口を固く閉ざそうとした。

「【ナートン】!!」

光の糸が、トロールの下顎と首を縫合させ、口をこじ開けた。

トロールは口を閉じるのを諦め、空を飛ぶ僕に拳を向ける。

「【フレーミー】!」

ヒマリが発した炎の球がトロールの背に激突。トロールが怯んだ。

ファインプレーだ、2人とも!

「そう、れ!!!」

トロールの顔面を足場にし、トロールの口の中に団子を突っ込む。

ゴクン。と喉が動いた。

僕は地面に着地し、一息つく。

「「シャルル!!?」」

一息つくと、下半身から力が抜けた。

膝から地面に崩れ落ちる。

肩の傷、さっきの頭突きのダメージ、僕の体はとっくに限界を迎えていたようだ。

トロールの目が僕に向く。ふんわりとした柔らかい感触が顔面を包み込んだ。

ヒマリが僕を胸元に抱き寄せ、右手で杖を構えてトロールに向けていた。

「来《く》るなら来《き》なさい！」

ヒマリの挑発にトロールが乗ることはなかった。

トロールは直立したまま失神。その場に倒れた。

トロールが倒れたことを確認すると、今度は頭から徐々に力が抜けていった。次第に暗闇が視界を支配し、僕の意識は闇に沈んだ。

追憶　その3

　僕が12歳になる頃の記憶だ。

「ねぇ、シャルルって名前やめない？」

　雪降る街を歩いていると、アンリにそう提案された。

　アンリは出会ってからの4年で、随分と大人っぽくなった。身長も僕と同じぐらいになってたし、胸も——すごく膨らんだ。大人っぽく、女性らしくなった。

　ひいき目なしに美人だったと思う。美少女、と言った方が正しいか。

「どうして？　僕、この名前気に入ってるけど」

「だって、元は猫の名前だよ？　嫌じゃないの？」

「嫌じゃない。だって、大好きな君から貰った名前だ」

「ふーん——変なの！」

　アンリは仄かに顔を赤くして、走り出した。

　跳ねるように走る彼女は雪の背景も相まって、美しかった。

「ねぇシャルル。いつかあなたがサンソン家から抜け出せたらさ、改めて私が名前をあげるね！」

「サンソン家を、抜け出す？」

アンリは戻ってきて、僕の手を握った。

「いつか2人でこの街を飛び出すの。そうすれば……もう、あんな仕事しなくていいでしょ？」

「アンリ……僕の仕事のこと、知っていたのか」

アンリにはずっと僕の仕事のことを隠していた。

ご主人様も、アンリを死刑台の方へ行かせないように注意していた。

僕とご主人様の妨害を、アンリは掻い潜ってしまったらしい。

「私ね、シャルルが好きだよ。君とならどこにでも行ける。この街から出て、死刑執行人としての君を誰も知らない街まで行くの」

「そう、なれたら……いいね、すごく」

この時の僕はどんな表情をしていただろうか。

きっと、顔は赤くなって、目尻にシワを作っていただろう。泣きそうな顔をしていただろう。

「今ね、私働いてるんだ。ミルクの配達屋さんの仕事をしているの！　凄く可愛い女の子の友達もできたんだ。今度シャルルに紹介してあげる」

「アンリ、仕事してたんだ……」

「お給料をコツコツ貯金してるんだ。君と2人で暮らしていけるだけのお金が溜まったら、街を抜け出そうね」

アンリと2人で、畑でも耕しながらのどかに暮らせたら、どれだけ幸せだろうか。

「僕の人生は不幸ばかりだった。けれど、アンリ……君と出会えた幸運が、これまでの不幸を全て吹き飛ばしてくれたよ」

「お、大げさだよ」

「大げさなんかじゃない。君と出会えて本当に、よかっ――」

「あれ？　アンリちゃん？」

僕とアンリの会話を、１人の男の声が遮る。

「あ、店長さん！」

僕は背後を見る。

立っていたのは20歳前後の男だった。鼻筋を跨ぐ蛇の刺青があり、整った顔立ちだ。両手で牛乳瓶の詰まったクレートを持っている。

「紹介するねシャルル！　この人が私が働いているミルク屋の店長さん！」

僕は彼の目を、真っすぐと見た。

緑色の、くすんだ瞳だ。

「よろしく、シャルル君」

そうだ、思い出した。

この声だ。この瞳だ。

ミルク売りの男。遺跡で会ったのはこの男だ。

第七章　復讐の執行人

昔の記憶を全て呼び起こす前に、覚醒の時がきた。

白い天井だ。

上半身裸で寝かされていたようだ。肌寒い。

体に痛みがない。左肩を見ると傷口は綺麗に治っていた。魔術学園だからな、魔術で治したのだろう。

ここはどこだろうか。キョロキョロと首を回していると、

「ここはダーツ城の医務室よ」

どこかで聞いたことのある声がする。

起きて、声の主を見る。

艶っぽい声とは反対に、幼い見た目の女性が立っていた。

「あなたはたしか……受験会場で会った保健医さん……」

「ルルカ＝パラソンよ。ルルちゃん先生って呼びなさい」

ルルカ先生、と呼ばせてもらおう。

「あなたのせいでケルベロスと戦う羽目になりましたよ……」

「私のおかげでこの学園に来れたんでしょ？　感謝してよね。執行人君」

この人も、僕の素性について聞いているようだ。

ルルカ先生は僕の胸を指で撫でてくる。

「風邪も肩の傷もすぐ治す回復力の高さ。理想的ね。私の研究にさ、協力する気はない？　君みたいな丈夫な被験体《ペット》を探してたんだ」

「やっぱり、僕を実技試験の部屋に誘導したのはわざとですか？」

「そうよ。魔術師はインテリばかりでね、丈夫な子は中々いないの」

医務室の扉を蹴り飛ばしてハルマン副校長が登場した。

「ルルカ先輩。彼に手を出すのはやめていただきたい」

先輩？　ルルカ先生の方が先輩なのか。見た目からしたら絶対逆だろう。

「彼は私の玩具ですよ？」

「違うよ。この子は私のペットだ」

「僕はただの生徒です」

ハルマン副校長の表情を観察する。

怒ってるだろうか。立ち入り禁止のエリアに入ったんだ。教師なら怒って当然だ。

それとも笑ってるだろうか。この人は常人とは思考が異なる、『面白いことをしたね』と喜んでいてもおかしくはない。

ハルマン副校長の表情は、特になにもなかった。無表情、クールな顔つきをしていた。

「ついて来なさい。アランロゴス校長がお呼びだ」

「校長が……？」

「遺跡侵入の件について、校長が直々に裁定を下す」

僕は目の前に用意してあった制服に着替えながら、ハルマン副校長に質問を投げる。

「……遺跡でトロールに襲われた教師の人は、無事ですか？」

「無益な質問だね。死体を見慣れている君なら、アレが生者か死者か一目でわかるはずだ」

「……」

「君が責任を感じることはない。君たちが遺跡に居ようが居まいが、彼の運命に変わりはなかっただろう」

ハルマン副校長は事実のみを淡々と伝えた。さっきまでは怒っていなかっただろう、けど、今の僕の甘えた質問には軽く苛立ちを覚えているようだった。

ハルマン副校長について行き、医務室を出る。

医務室を出ると城の支柱の所にヒマリとラントが居た。

ヒマリは僕を見つけると、一瞬だけ駆け寄る素振りを見せたが、すぐに思い直し髪を右手で流しながら優雅に歩いてくる。ラントは僕を見つけると迷わず駆け寄ってきた。

「よ、よかった！　生きてる！　生きてるなぁ、オイ！」

ラントは両腕を広げて抱き着いてきた。

「――このアホ下民！　怪我人に抱き着くんじゃないわよ！」

ヒマリが咎《とが》めると、ラントは「あ、わりぃ！」と言って離れた。

ヒマリは顔を横に逸らし、チラチラと横目で僕を見た後、照れくさそうに声を絞り出した。

「……無事で良かったわ」

「ありがとう。ヒマリ」

「諸君。すまないが、長話している時間はないぞ」

ハルマン副校長が先頭に立ち、ダーツ城の廊下を歩く。

――ダーツ城、最上階。

その最奥に、豪奢な扉があった。

「ここが校長室だ」

「うへぇ～！　でっけぇ扉」

ハルマン副校長が扉をノックし、率先して中に入る。

僕は緊張しながらも、ハルマン副校長に続く。

「失礼します。シャルル＝アンリ・サンソン、ラント＝テイラー、ヒマリ＝ランファー。以上３名を連れてきました」

ハルマン副校長は珍しくかしこまった様子だ。

「やーやー！　待っていたヨ！　問題児トリオ」

入学式と同じで白塗りの顔。アランロゴス校長は椅子に座り、背もたれに体重を乗せている。

校長室の中は壁いっぱいに色々な物が飾ってある。動物の頭蓋骨だったり、メダル、賞状、旗。一番目に付いたのは校長が使っている机の背面の壁に飾ってある物だ。壁の上の方に僕が使う処刑用の大剣に似た剣と長いステッキがある。

４人横並びになって、背筋に緊張を走らせながらアランロゴス校長の言葉を待つ。

「ささっ！　緊張することはない。別に吾輩は怒っていないからネ」

アランロゴス校長の言葉を聞き、ラントの表情が明るくなった。

「偶然とはいえ、君たちはトロールを撃破してくれた。君たちもわかっていると思うが、あのトロールは邪悪なる使途が送りし敵だ。トロールを倒したその功績に免じて、遺跡侵入の件については不問とする」

ヒマリは「ありがとうございます」と言い、間を置かずに質問を投げかける。

「校長先生。あのトロール……いや、遺跡に侵入していたあの魔術師は、なぜ遺跡の奥を目指していたのでしょうか。遺跡の奥にはなにがあるのですか？」

「ヒマリ君、君はなんとなく勘づいているんじゃないかな？　遺跡の奥にある物に」

ヒマリは小さく目を泳がせた。

ヒマリの声は震えている。

「――あの魔術師の右手の甲に、例の紋章が見えました」

魔術師の右手の甲……僕は見ていない。だからヒマリがなにを言ってるかよくわからない。

「蛇の体に、羊の頭。あの紋章は――災厄の魔術師、ケルヌンノスが遺した紋章です」

首を傾げる僕とラント。ハルマン副校長は葉巻を口から離して解説を始めた。

「ケルヌンノスとは、１５００年前に名を馳せた闇の魔術師だ。ケルヌンノスは多くの凶悪な魔術を作り上げ、世界各地を侵略した。世界を我が物にしようと破壊の限りを尽くした。人々は彼を恐れ、やがて〝魔王〟と呼ぶようになった」

「魔王ケルヌンノス。彼が優れていたのは魔術の腕だけでなく、彼は指揮能力、カリスマ性も持ち合わせていた」

ハルマン副校長の解説をアランロゴス校長が引き継ぎ話し出す。

「自らを神とし、彼は宗教を作り出す。それが〝ケノス教〟。現代にも残る邪教徒集団である。ケノス教徒は体のどこかに、ある紋章を刻んでいる。それが先ほどヒマリ君が言った蛇の体に羊の頭を持った怪物の紋章だ」

「例の魔術師は言ってました、『遺体はこの先にある』と。ケノス教徒が求める遺体……そんなものは決まっています。遺跡の奥にある秘宝とは、魔王ケルヌンノスの遺体ですね？」

「だいせいか〜い♪」

アランロゴス校長はあっさりと認めた。ハルマン副校長は「やれやれ」と苦い顔をしている。

「君たちが迷い込んだ遺跡はケルヌンノスの遺体を囲った結界だったのだ。ケノス教徒である侵入者はケルヌンノスの遺体を求めて学園島に潜入したのだろう。ケルヌンノスの遺体は遺体であっても強力な力を秘めているからネ」

「そんなやばいモン、なんで処分しなかったんだよ！　わざわざ結界で守らずに、燃やしちまえばいいじゃねぇか！」

「……ケルヌンノスの遺体は不滅なの。消すことはできないわ」

ラントは「うげ」と顔を青くする。

「いいか君達、遺跡のことは誰にも言ってはならない。ケルヌンノスの遺体のことはトップシークレットだ」

釘を刺すハルマン副校長。僕とラントとヒマリは一斉に頷いた。

僕は1歩前に出て、アランロゴス校長に問う。

「遺跡に侵入した魔術師に、見当はついているんですか？」

「恐らくは、〝ランヴェルグ監獄襲撃事件〟の首謀者だ」

「ランヴェルグ!?」

一瞬、呼吸を忘れた。

僕の内にあるトラウマ、地獄の日々が脳裏によみがえった。

〝ランヴェルグ監獄襲撃事件〟、それはアンリが死刑になるまでの道のりの第1歩目となった事件だ。

「えっとぉ、その何たら事件って初耳なんすけど……」

「はぁ!?　貴方……新聞とか読まないわけ？」

僕は過去の記憶を掘り起こしながら、説明する。

「――〝ランヴェルグ監獄襲撃事件〟。〈ランヴェルク〉という街にある監獄が襲撃されて、20名の死刑囚が脱獄した事件だよ」

「死刑囚が脱獄!? そ、その脱獄した死刑囚はどうなったんだ? まさか野放しかよ!?」

「……わからない。裁かれたかもしれないし、裁かれていないかもしれない」

僕の曖昧な回答に、ラントはまた首を傾げた。

「死刑囚が脱獄した〈ランヴェルグ〉は当然のように混乱に陥った。死刑囚の特徴を記述した書類は処分され、顔を知る人物は全て暗殺されて、誰も死刑囚が誰なのかわからなくなったんだ。しかも、死刑囚の中には変装術が使える人も居たから、街中が疑心暗鬼に陥った。どこに死刑囚が潜んでいるかわからない、そんな恐怖が民衆の心に狂気を生んだ。〈ランヴェルグ〉の貴族たちは疑わしい人物を片っ端から虐殺していったんだ。特に身寄りのない者達、身分を証明できない者達は問答無用で殺されていった。殺された人の数は死刑囚の数を優に超える250人。その250人の中にどれだけの死刑囚が居たのか、誰も知らない」

「私、事件について詳しくは知らないのよね。虐殺は250人で止まったということは知ってるけど、一体どうやってそんな混乱を止めたのかしら」

僕は思い出す、小さな体の女の子を。

「ある女の子が言ったんだ。『死刑囚は全て街の外へ逃がした。自分が襲撃事件の首謀者だ』……とね。その女の子は死刑になって、彼女が死ぬことでランヴェルグで行《おこな》われていた虐殺は止まったんだ」

「でも、首謀者は遺跡に居た奴と同じなんだろ? ってことは——」

「彼女は首謀者じゃない。彼女は罪を全部自分に向けて、自分を犠牲にすることで虐殺を止めたんだ。真の首謀者はまだ捕まっていない」

僕の言葉を聞いて、事情を知るアランロゴス校長とハルマン副校長は哀れむような目で僕を見た。

「どうして襲撃事件の首謀者と遺跡に侵入したケノス教徒が同一人物だと思ったのですか？」

ヒマリは質問する。

「例の襲撃事件の際にも６本腕のトロールが確認されているんだ。それに、襲撃事件で脱走した死刑囚のほとんどはケノス教徒だったのだ。つ・ま・り、首謀者もケノス教徒でほぼ間違いない。仲間を救出したのだろう」

アランロゴス校長の説明にハルマン副校長が続く。

「『６本腕のトロールを使役』、加えて『ケノス教徒』。２つの共通点から考えるに、同一人物である可能性が高い」

「さっきシャルル君が説明していたように、変装術を使える者が死刑囚の中には居たと言われている。だが、首謀者が変装術を死刑囚にかけていたという説もある。もしも、トロール使いが変装術も使えるのなら、この学園島の誰かに化けて潜伏しているだろう」

「えぇ!?　だ、だったらみんなに注意喚起しないと駄目じゃないっすか!?」

やれやれ、とハルマン副校長は葉巻を指で遊ばせる。

「さっきのシャルルの話を聞いていなかったのか？　ケノス教徒が誰かに化けて潜伏していると知れば、学園島の住民は混乱する。今の話も秘密だ。君たちは意図せずして深く関わってしまったからな……特別に説明したのだ」

「吾輩たちはこれから全力で侵入者を探す。君たちは誰になにを聞かれても、知らぬ存ぜぬで通してくれ」

「私達に手伝えることはないのでしょうか」

「ない」

ヒマリの申し出をアランロゴス校長は即答で拒否する。

アランロゴス校長は冷たく言った後、明るく笑った。

「話は以上だ。シャルル君以外は退出しなさい」

アランロゴス校長は僕に視線を合わせる。

「君とはまだ、話したいことがある」

ハルマン副校長がヒマリとラントを連れて退出した。

校長室には僕とアランロゴス校長だけが残った。

「君とは一度、2人っきりで話したかった」

「特待生だからですか？」

「いいや、君と吾輩が似ているからだよ。君には親近感があってね。というのも、吾輩も昔は死刑執行人だったのだ」

驚いた。

名門校の校長ともあろう人間が元死刑執行人なんて考えられない。

なら、あの壁に掛けてある大剣は処刑用の物か。道理で僕の持っている大剣と似ているわけだ。

「驚いたかい？　君と同じで罪人の首を直接この手で斬り落としてきた。あまり思い出したくはない過去だけどネ」

「……死刑執行人は忌み嫌われるモノです。よく、ここまでの地位に辿り着けましたね」

「楽な道では無かったさ。けどけど、そこまで辛《つら》くもなかったかな。吾輩にとって死刑を執行する日々に比べれば、魔術の鍛錬や地位争いなど苦では無かった」

気持ちはわかる。

あの日々に比べれば、どんな苦行だって怖くない。

「さてと本題に入ろう」

アランロゴス校長は手を組む。

「……君は、なぜ死刑執行人が洗礼術を教えられるか知っているかい？」

「処刑した者の魂を、浄化させるためです」

「うんうん、正解だ。でも足りない。死刑執行人が洗礼術を覚えさせられる真の理由、それはケノス教徒を処刑するためだ」

「ケノス教徒を？」

「ケノス教徒はケルヌンノスの紋章を宿している。あの紋章を持っている人間はケルヌンノスの祝福によって人並み外れた再生力と魔力、身体能力を得るんだヨ」

「ケルヌンノスは闇の魔術師。ケルヌンノスの祝福を受けているということは――」

「ケノス教徒は洗礼術の対象となる。その強力な再生力と身体能力ゆえに洗礼術なしにケノス教徒は断頭できない。だから死刑執行人は洗礼術を使うのだ」

アランロゴス校長は横に立ち、目を合わせずに言う。

「……つまり、君はケノス教徒の天敵というわけだ」

「だから、なんだと言うんです」

「捜査の過程で君に協力を要請するかもしれないということサ。洗礼術を浴びせれば、その相手がケノス教徒かそうでないか判別できるからネ」

「……なるほど。その時は、お手伝いします」

「ありがとう。用件はこれだけサ。退出しなさい」

僕は頭を下げて、校長室を出た。

廊下の窓際に背を預けて、ハルマン副校長が待っていた。

「……終わったか」

「2人は？」

「帰したよ」

僕は足を動かし、ハルマン副校長の前を通り過ぎようとしたが……ある言葉を思い出し、立ち止まった。

「ハルマン副校長。前に僕が私怨で人を殺したら、僕の理想は潰えると言いましたよね？　あの言葉の真意を聞かせてもらってもいいですか？」

「『死による断罪はない』。それが死刑に反対する上での根幹たる思想だからだ。例えば、何十人という人間を殺害した殺人鬼が捕まったとしよう。殺人鬼に家族を殺された者達は口を揃えてこう言うはずだ、『奴を殺せ、死刑にしろ』とな。私怨によって人を殺した男に、彼らをなだめることができると思うか？」

「相手が、どんな悪党であっても……殺してはいけないのでしょうか？　例え、万人が死を望む相手でも、僕は殺してはいけないのでしょうか」

「駄目だ。君はもう、人を殺してはいけない」

「はじめてなんです」

自分の左胸に手を当て、服を握りしめる。

「はじめて僕は、心の底から人を殺したいと思っている……！　あの襲撃事件さえ無ければ、彼女は今だって笑って生きていたんだ。あの男さえ居なければ……!!」

「襲撃事件の首謀者は、彼女の仇と言える存在だからね。だが落ち着け。君がここへ来た目的を忘れるな」

「……」

「シャルル、鏡を見ろ。――処刑人の顔に戻っているぞ」

ハルマン副校長は去っていく。

僕は窓に映る自分を見た。

暗く落ちた瞳、無機質な表情。

僕は処刑台の上に立っている時の自分を見たことがない。
けれど、処刑台の上に立っている僕は、こんな顔をしていたのだろうとわかる。
自分で自分が恐ろしい。まるで死神だ。

追憶　その4

13歳の春。〝ランヴェルグ監獄襲撃事件〟が発生する。

それから1週間、街は地獄と化した。

とある貴族が徒党を組み、街を歩いて会う人会う人に身分を問う。貴族が怪しいと判断したら即虐殺。憲兵たちは襲撃事件の責任の所在でもめて、彼らの暴挙を止められなかった。

この期間、僕に仕事はなかった。当然と言えば当然だ。僕が殺すべき対象、死刑囚は脱走していなくなってしまったのだから。僕にとっては楽な1週間だったかもしれない。

「ねぇシャルル。どうやったら虐殺を止められるかな？」

ある日、小屋の中で、アンリは聞いてきた。

「なにか方法はないのかな？」

アンリは心優しい女の子だった。僕は彼女ほどの善人を知らなかった。善人である彼女は、街の現状に心を痛めていた。

「ないよ。君にできることは家でおとなしくしていることだけだ」

僕は知らない何百の命より、彼女1人の命が大切だった。だから、彼女にはとにかく家でじっとしているように言った。

――けれど。

◆

僕にとっての地獄は、事件が起きてから2週間後に始まる。

ある日の朝、僕が小屋を出ると、大人たちが僕を取り囲んだ。

「捕まえろ！　コイツが襲撃事件の主犯だ！」

「……え??」

わけがわからないまま、僕は3人の大人に組み伏せられた。

抵抗はしなかった。抵抗すれば、余計に話がこじれると思ったからだ。

「名も無き奴隷！　お前だな、死刑囚を逃がしたのは!!」

集団のリーダーと思しき男が声を大にして言う。

「違います！　僕はそんなことしていない！」

「死刑囚がいなくなって得をする人物は誰か！　それを考えた時、真っ先にお前のことが浮かんだ!!」

「まさか……僕が仕事をしたくないから、死刑囚を逃がしたって言うんですか！」

「そうだ！　疑わしきは罰せよ。多くの命を奪い！　罪人を逃がした咎《とが》！　お前の大好きな処刑台で清算せよ!!」

　僕が反論する暇もなく、罵声が飛んでくる。

「汚らわしい執行人め！」

「人殺し！　殺人鬼!!」

　死刑執行人は忌み嫌われる存在。

　街の住人にとって僕は殺しても損のない存在。

　疑惑が少しでもあるのなら、殺してしまえ。そう考えている。

「連れていけ！」

　服を引っ張られ、無理やり立たされる。

　僕は半ば、諦めていた。

　なにを言ったところで、僕の言葉など、この人たちは聞く気がない。そう、わかっていたから
……。

「――待って！」

　1人の少女の声が、集団の足を止めた。

　少女は、その小さな体で、僕を抱きかかえて大人たちの手から引っ張り出した。

「アン、リ？」

「シャルルは……シャルルはやってません!!」

「証拠はどこにある？」

リーダー格の男がきくと、アンリはこう返した。

「……やったのは私です」

僕は知らなかったんだ。

アンリ＝サンソンが、どれだけ、善人なのかを。

「私が、死刑囚を解放しました」

「待て、違う……！」

すぐにわかった。彼女がやろうとしていることに。

「死刑囚を解放して、お前になんの得がある？」

「私はそこに居る彼の恋人です。死刑を行《おこな》う彼を見ていられなくて、これ以上彼の手を汚さないために私が死刑囚を解放しました」

「違う、違う違う違う違う!! なにを、なにを言ってるんだ君は！！？」

「黙れ!!」

僕は再び組み伏せられた。体の上には大人が3人乗っている。

「――この娘の部屋を漁れ！」

男の指示を聞いて、僕はホッとした。

なぜならあるはずがない。彼女の部屋に、証拠など――

「シャルル。私、わかったんだ」

アンリは振り向いて僕に言った。

「この悲劇を、止める方法を……」

30分が経過した時、ベレー帽を被った男が焼けた文書を持ってやってきた。

「ありました！　監獄にあったとされる、死刑囚の特徴をメモした書類です！　大半が焼けていて見えませんが、間違いありません!!」

「そんな……！」

彼女が見つけた虐殺を止める方法。

それは自分で全ての罪を抱えて死ぬことだった。

——彼女は自分で自分の罪をでっちあげたのだ。

「決まりだな。この女を痛めつけて縛り上げろ!!」

大柄な男が彼女の髪を引っ張って、地面に叩きつけた。

大の大人が、何人も彼女に襲い掛かった。彼女の体を、蹴って殴って——

「あああああああああああああああああっっっ！！！！！」

頭の中でなにかがはち切れた。

「コイツ!?　なんて力だ！！？」

体の上に乗った大人3人を振り払って、僕は彼女を助けに走り出す。

「やめろ——やめろ!!　彼女に触るな!!」

いくら僕の力が強いと言っても、何十人と居る大人に勝てるはずもなく、8人ほど殴打で昏倒させたあと、僕は殴り倒され、雨のように蹴りを浴びせられた。

体に増えていく痣《あざ》などどうでもよかった。

かすみゆく景色の先で、彼女が連行される姿が見えた。地面に伏せながらも、僕は手を伸ばす。

「……頼む、頼む神様……！　彼女だけは、彼女だけは奪わないでくれ……！」

僕の伸ばした手を、ベレー帽の男が踏みつぶした。

男は――ニタリ顔で僕を見下ろす。その瞳の色は、くすんだ緑だ。

僕は暴力の果てに気絶した。

次に目を覚ました時には、アンリ＝サンソンの死刑判決が下されていた。

第八章　はじめての日曜日

激動の土曜日を越えて、今日は日曜日。

学生生活初の休日だ。

カーテン越しに朝陽を感じる。

僕は膝に布団をかぶせたまま、上半身をベッドから起こす。頭の中にはあのくすんだ緑眼がこびりついていた。

ミルク売りの男、ベレー帽の男、遺跡に侵入した魔術師の男、奴らは全て同一人物だ。

奴が、学園島に居る。奴が――

「……馬鹿なことを考えるな」

学園島にどれだけの人間が居ると思ってる？

1人1人、片っ端から調べることは不可能だ。

奇跡でも起きない限り、僕が例の魔術師に辿り着くことはない。

復讐なんて――考えてはダメだ。

僕はベッドに横たわり、布団をかけ直す。

「しゃ、っるる、くん！　あっ、そっ、ぼっ！！！」

……。

なんだか、窓の先から野太い声に呼ばれた気がするが、気のせい気のせい。

「しゃ～るる～～くぅん！！！　あっ、そっ、ぼっ！！！！！」

これ以上、惰眠を貪れば他の寮生から苦情が来そうだ。

脳を全力で起こし、カーテンを開けて窓の外を見る。金髪のバンダナ男《ラント》がこちらを見上げていた。制服を着ている。

　窓を開き、引きつりつつも笑顔を作る。

「どうしたのラント？　なにか用？」

「しゃーるる。もう傷大丈夫なんだろ？　商業エリアに遊びに行こうぜ～」

　にっこり笑顔でラントは言う。

　商業エリアか。まだちゃんと見たことはない。学園島に着いた時、軽く眺めた程度だ。

　めんどくさい気持ちもあるが、気分転換にはちょうどいいか。一応、ラントは大切な友人だからな。せっかくここまで来てくれたのに断るのは気が引ける。

　付き合おう。

「わかった！　いま行くよ！」

　制服に着替え、支度を終える。

――『……まったく、魔術師なら武器の１つでも持ち歩くものよ』

ヒマリの言葉を思い出した。

アランロゴス校長の話だと、侵入者は僕を狙ってくるかもしれないとのことだ。武器は持っていた方がいい。

壁に飾ってある絵画を取り、バッグに入れる。絵画の中には処刑用の大剣が入っている。いざとなれば絵画から大剣を取り出せばすぐに装備できる。

部屋を出て通路を歩き、階段を降りて1階の談話室に行く。

「よっ。おはようさん」

茶色い髪のお兄さん、寮長が居た。

寮長の他にも寮生が6人居る。アフロン先輩とリゼット先輩はトランプで遊んでいる。

「外に居るのは友達か？」

寮長が聞いてくる。

「はい」

「聞こえたぜ、商業エリアに行くんだろ？　楽しんでこい。くれぐれも、遅くならないようにな」

「わかりました。行ってきます！」

談話室から外へ出る。

「お待たせ」

「おう」

ラントと一緒に坂を下っていく。

「商業エリアに行くって言ってたけど、なにか目的はあるの？」

「杖探しだよ、お前のな」

「僕の？」

「だってお前、自分の杖持ってないだろ？　授業の時も遺跡に入った時も手ぶらだったし」

「杖って必須な物？」

「持ってない奴も居るには居るけど、よっぽどのこだわりが無い限り持っておいた方がいいだろ」

「そっか。ねぇラント、もう1人誘いたい相手が居るんだけど……」

僕が誘いたい相手の名前を言うと、ラントは露骨に嫌な顔をした。

◆

「「ひっ、まり、ちゃん！　あっ、そっ、ぼっ!!」」

声を重ねて叫ぶ。

僕達は4階建ての豪華な外装の寮の前に居た。まさに貴族のための寮って感じだ。

第21寮。まだ新しい。

ここには彼女、ヒマリ＝ランファーが住んでいるらしい（ラント情報）。

寮の入り口扉を開け、ヒマリが現れた。髪はボサボサで、慌てて来たのがわかる。

「ようヒマリ、商業エリアに行こうぜ。シャルルの杖を選ぶんだ」

「どうして私が、下民の買い物に付き合わなきゃいけないの？」

「『言うと思った』」

ヒマリは僕に一度視線を送った後、頷いた。

「まぁいいわ、行ってあげる。その代わり、私の買い物にも付き合ってもらうわよ。いま、すぐに準備してくるわ。待ってなさい」

すぐに。と言うには長い45分という時間をかけて、ヒマリはやってきた。

「ここから商業エリアまでは時間がかかるわね」

「だったらさ——」

「ドラタクは使わねぇぞ！　絶対！」

空から落とされたのが余程トラウマになっているようだ。

「馬車を使うわよ」

「今時馬車ぁ？」

「馬車は馬車でもユニコーンの馬車よ。魔導車より速度が出るわ」

「ユニコーンかぁ……いいね。面白そう」

ユニコーンタクシー、略してユニタクにて商業エリアに向かう。

ユニタクはヒマリの言う通り速く、数秒おきに石かなにかに躓いて跳ね上がった。

「うわ！　これ、転倒したりしないよね？」

「うひょー！　すっげぇスピード!!」

「ちょ、ちょっと速すぎないかしら……きゃっ!?」

ラントはテンションを上げて、ヒマリはあまりの速度に戸惑っていた。

◆

「着いたぞ～!!」

紅い杖や蒼い杖が店頭に並んでいる杖専門ショップ〈シュトック〉。

女性もの、男性もの、パジャマから戦闘服まで網羅した衣服店〈ハイネット〉。

飛竜やユニコーン用の鞍、使い魔用の衣服やらが売っている使い魔専門ショップ〈ハウスター〉。

色んなショップがあるな。

外観も華やかで、造りも様々だ。悪く言えば統一感がない。良く言えばバラエティに富んだ街並みだ。

人の数も凄く多い。生徒のみならず教師や商人も居る。

「うじゃうじゃと鬱陶しい……」

「いーじゃんいーじゃん！　こういう賑やかなの好きだなぁ～」

ヒマリは人の多さに呆れ、ラントは楽しそうに目を輝かした。

「そんじゃ、早速シャルルの杖選んじまうか！」

杖専門ショップ〈シュトック〉に入り、並んでいる杖を見る。杖は〝耐久性〟、〝コントロール〟、

〝威力〟の3点で評価されており、合計点が高いほど値段も高い。

「これなんかどうだ？　威力星5だ！」

「うーん……威力よりも、耐久性を重視したいかな。ヒマリ、おすすめはある？」

ヒマリは真剣な顔で杖を眺めていた。その眼差しは鑑定士顔負けの迫力だった。

「そうね。これなんてどうかしら」

ヒマリが手に取ったのは黒色の杖。名前は〝ダルフネス〟。

耐久性☆☆☆☆☆　コントロール☆☆　威力☆☆☆

耐久性重視の杖のようだ。

「貴方たち貧乏人が手を出せる範囲ならこれが一番よ」

「うん。ギリギリ買える値段だ」

「お！　いいじゃないか！　その杖は私もおすすめだ」

ラントでも、ヒマリの声でもない。

休日には聞きたくない声が聞こえた。

「あれ？　ハルマン副校長じゃないっすか」

ラントの声の行き先、レジカウンターの方からハルマン副校長が歩いて来た。

「おはよう諸君。こんなところで奇遇だね」

ハルマン副校長は僕の頭を掴み、唇を耳に寄せてくる。

「……その杖なら君の洗礼術にも、1発ぐらいなら耐えられる。買って損はないよ」

「……どうしてここに？」

「……それはほんっとに偶然」

小さな会話を終えると、ハルマン副校長はショップから出ていった。

「初めての休日、楽しみたまえ～」

毎日楽しそうだなあの人は。

しかし、あの人のおかげで気持ちは決まった。

ヒマリ&ハルマン副校長のおすすめなら、まず間違いないだろう。

「これにしよう」

ヒマリは僕に杖を手渡すと、今度は自分の杖を探し始めたのか、高級な杖を見に行った。僕じゃとても手を出せない値段の杖たちだ。でも値段に負けないぐらい性能も高い。チラッと目に入った杖は耐久性☆☆☆☆☆　コントロール☆☆☆☆☆　威力☆☆☆☆☆☆☆という破格の性能だった。アレを見てしまうと自分の杖が弱く見えて購買欲が薄れる。僕は高額杖から目線を外し、レジに足を向けた。

気を取り直してダルフネスを買い上げる。マイステッキゲットだ。長い付き合いになるといいな。

「次は私の買い物に付き合ってもらうわよ」

それからヒマリの買い物に付き合った。衣服店だ。

「これとこれとこれ、あとアレもね」

ヒマリが買い上げた服は紙バッグに詰められ、僕とラントの元へ運ばれてくる。僕とラントの両手は紙バッグで埋まった。

「おい、コイツが俺達の誘いに乗ったのって」

「……荷物持ちをさせるためだね」

「これと、あのドレスもいいわね……」

ドレスなんて着るタイミングないだろう……。

「しゃ～るる～。お前の責任だぞ～」

「ほら、早く来なさい下民ズ。次の店行くわよ！」

「へいへい、女王様」

「ま、まだ行くの？」

街道を歩くと、

――『見ろよあの赤毛の子、すげぇ美人』

――『新入生かな。声かけるか？』

――『くっそぉ、後ろの男2人が邪魔だぜ』

ヒマリはとにかく視線を集めた。

ヒマリは外見だけなら非の打ち所がない。陽光を浴びて輝いて見える紅蓮の髪と白い肌、体は出るべきところは出ていてへこむべきところはへこんでいる。完璧すぎて、逆に近寄りがたい気もするのがヒマリという女性をよく表している。

男たちは『付き合いたい』という恋愛対象として、女たちは『ああなりたい』という憧れの対象として、ヒマリを見る。

ヒマリは顔にこそ出さないけど、誉め言葉が聞こえる度、足をスキップ気味に浮かせた。

「……ヒマリと10秒も話せばお近づきになりたいなんて思わないよな」とラントが耳打ちしてくる。

「……10秒は言いすぎだよ。30秒はもつ」と僕は返した。

――『ねぇ、あの白髪の子、ちょっと良くない？』

――『あ、私も思った。かっこいいよね～』

――『かっこいいより可愛いって感じでしょ』

おっと、ヒマリのおこぼれで僕も褒められた。

とりあえず、僕を褒めてくれた女性に笑顔を送ってみる。

「けっ！　どいつもこいつもよ」

「あら、それって嫉妬？　みっともないわよ」

「テメェは嫌味な奴だなマジで！」

「先に嫌味を言ったのはそっちでしょ！」

ヒマリ、さっきの僕とラントの会話聞こえてたのか。

「ふ、２人共……喧嘩はやめよう」

――『ねぇ、あの金髪の子、カッコいいわよね！』

――『きゃ～！　ほんとね。声かけちゃおうかしら！』

ラントを褒める声が聞こえた。

「ほらラント！　君のことを褒めてる人も――」

声の方を見ると、筋肉が凄いことになってるお姉さん（♂）が居た。

「……俺のことは放っておいてくれ」

「……そうするね」

◆

最後に足を運んだのはアイスクリームショップ、ラントの提案だ。

大行列だ。待ち時間30分はありそうだ。

「しゃあねぇな。ここは俺が並んでおくから、お前らベンチで待っとけ」

「ありがとうラント。荷物ちょうだい、運んでおくよ」

僕とヒマリ、２人でベンチに座る。

ヒマリはわざわざ距離を取って座った。密な関係だと思われるのを嫌がったのだろう。

「……」

「……」

沈黙。

ラントが居なくなった途端、急に気まずくなった。

ヒマリはもじもじとしている。こっちを見ては、すぐに目を逸らすを繰り返した。

「どうしたのヒマリ？　さっきから様子が変だよ」

「いえ、そのっ……貴方には一度、きちんと言うべきだと思って」

「なにを？」

ヒマリは深呼吸をして、僕の方を見る。

「……ありがとう」

驚いた。

彼女の口からその言葉が出るとは思わなかった。

「貴方が居なければ、私はトロールに襲われて死んでいた。か、感謝して、あげる」

歯切れ悪くヒマリは言う。

入学前、雪道で彼女に会った時のことを考えると、信じられない光景だ。

人を変える大きな要因の1つ、それが罪悪感だ。自分を庇《かば》って、大怪我を負った僕に対し、彼女は大きな罪悪感を負った。その罪悪感が、彼女の頭を下げさせたのだ。

「それでね、お願いがあるの……」

「お願い？」

「その、私が……泣いていたことは黙っていてくれないかしら」

目の前で人が死に、あんな巨大なモンスターと対面したら、泣いて震えても恥ではないと思うけどな。

まぁ、ヒマリはプライドの高い女性だ。どんな状況であれ、恐怖からの号泣は恥ずべきことなのだろう。

「わかった。誰にも言わない。でもそんなに恥じることでもないと思うけどね。あんな状況に晒されたら誰だって泣きたくなるさ」

「そう？　貴方は冷静だったじゃない」

ヒマリは訝し気に僕を見る。

「目前で人が死ねば、誰だって動揺するはず。なのに貴方は冷静だったわ」

人の死体は見慣れている。

なんて言えるわけもないか。

「それに貴方……トロールと戦った時、肉体強化の魔術使ってなかったでしょ」

あ。と声が漏れそうになった。

あの時はそんなところまで気が回らなかった。真似事だけでもするべきだったな。

「あんな化物が相手でも貴方の精神は一切揺らいではいなかった。そして、魔術抜きであの身体能力、普通じゃない。貴方は一体……何者なの？　この学園に来る前は一体なにをしていたの？」

「何者って……他の人とそう変わったことはないよ。少しだけ身体能力が高いだけ。あと、僕があの状況で冷静だったことに深い理由はないよ」

「なんですって？」

「僕はさ、君たちよりも自分の命に執着が無いんだよ。死の危険に恐怖するほどの価値が僕の命には無いんだ。ただ……それだけのことだよ」

夢を叶えるためには死んではダメだ。そう思いつつも、僕はやはり、自分の命を大切にはできない。なぜなら僕は、アンリの仇の1人だから。

アンリの仇は3つの存在だと僕は考えているのだ。

1つは死刑。

2つ目はケノス教。

そして3つ目は僕だ。

自分の命に、値打ちを感じない。彼女を殺した存在に価値を感じない。

僕は自分の命を簡単に捨てられるだろう。

ヒマリはそんな僕を少し怒ったような顔で見ていた。

「『己の命を大切にする』。それは人として最低限守るべきマナーよ」

声にも怒りがにじみ出ていた。

ヒマリにとって、なにか癪《しゃく》に障ることを言ってしまったのかもしれない。

「アイス買ってきたぜ！」

ラントがコーンに入ったアイスクリームを3個持ってきた。

ヒマリはアイスクリームを見て溜息をつく。

「どうしてスプーンが無いの？」

「かぶりつけばいいだろ」

「はぁ、これだから下民は。貴方達はともかく、この私に大口開けて頬張れと言うの？」

「別にいいだろうがよ！」

「今すぐにスプーンを持ってきなさい」

「けっ！　自分で行きやがれ」

「いいよ、僕もらってくる」

ガミガミといつも通りの口喧嘩を始める2人を尻目に、僕はアイスクリームショップへ歩いていく。すると、正面から見慣れた男が歩いて来た。アントワーヌだ。

アントワーヌは僕を見ると顔をしかめ、〝止まれ〟と言わんばかりに進路を塞いできた。

「遺跡エリアに侵入したそうだな！」

「……はい」

「運よく不問になったそうだが、本来ならば退学処分になる重罪だ。下劣な執行人め！　ハルマンに色目でも使ったんじゃないのか!?」

敵意剝き出しだな……騎乗訓練の一件で顕著になっている。

「〝ランヴェルグ監獄〟の一件も、もしかしたらお前がやったんじゃないのか？　アンリ＝サンソンを籠絡《ろうらく》して、うまく罪を被せたのではないのか!?」

カチッ。と頭の中でなにかが嚙み合った。

――ランヴェルグ出身。

――中肉高身長。

――男性。

ミルク売りの男、ベレー帽の男、遺跡に居た魔術師。どれも体格までは大きく異なることはなかった。体格までは変装術でいじれないのだろう。

アントワーヌは奴と、同じ体格をしている。奴の影が重なる。

しかも、コイツの瞳の色は――

「む？　なんだ、ジロジロと……！」

緑色だ。

僕の心臓から頭に血が急激に送られる。

僕はさらに、奴の右手に視線を落とした。

――奴の右手には、包帯が巻かれていた。

あの日、遺跡で、緑眼の男は結界に右手を焼かれていた。ひょっとして……！

「アントワーヌ」

怒りのまま、右手を出し、アントワーヌの胸倉を摑み上げた。

「がっ！！？」

「お前か！　お前がやったのかアントワーヌ!!　お前が遺跡に居た魔術師――〈ランヴェルグ〉の悲劇を起こしたのはお前か!!」

思えばコイツの僕への嫌い方は異常だった。

洗礼術を使える僕を、天敵である僕をどうしても排除したかった。そう考えればしっくりくる。

今日、偶然にも僕ら３人の近くに居たのも奇妙だ。遺跡で会った僕達が自分の正体に気づいたのか、たしかめに来たと考えれば――

「な、なんの話だッ!!」

広場は騒然とした。

当然だ、生徒が教師の胸倉を摑み上げ、宙に浮かせているのだから。

「なにやってんだシャルル!?」

「やめなさい！　相手は教師よ！」

後ろからヒマリとラントが摑みかかってくる。

それでも僕は、右腕の力を抜かず、アントワーヌを吊るす。

「こ、コイツ、ビクともしねぇ……！」

「なんて力……!?」

僕はアントワーヌの怯え切った瞳を見て、力を抜いた。

コイツの瞳の色はたしかに緑。だが、鮮やかだ。くすんでいない。

僕は左手で奴の手の包帯を破る。

奴の右手に火傷跡はなかった。すりむいたような傷があるだけだ。当然、ケルヌンノスの紋章もない。

「この傷は……」

「今朝、転んで出来た傷だ！」

そもそも、あんなわかりやすい火傷跡を残すはずがないか。

ケルヌンノスの紋章には回復能力があるという話だ。あの程度の火傷、すぐに治せるはず。瞳の色なんて魔術を使わずとも変える方法はあるだろう。瞳の色や傷で判別すること自体間違っていた。

アントワーヌからは圧力を感じない。あの蛇のように巻き付いてくる圧力を。

本能的にわかってしまった。

――コイツじゃない。

「放せ！」

アントワーヌは僕の手を振り払い、3メートルほど距離を取った。

顔から怯えが消え、勝ち誇ったような笑みが浮かんでいた。

「は、はは――！　やったなシャルル！　教員に対する暴力行為だ！　これだけの目撃者がいる、言い逃れはできん！　発言から察するに、お前はボクを遺跡に居た魔術師だと思ったのだろう、だがそれは誤りだ。君たちが遺跡に迷い込んでいる時間帯、ボクは授業を行《おこな》っていた。れっきとしたアリバイがあるのだ！」

「なに……？」

「処分を楽しみにしておきたまえ」

高笑いして、アントワーヌは去っていった。

その次の日、僕は1週間の謹慎をハルマン副校長より命じられた。

第九章　謹慎

謹慎を命じられた時に、ハルマン副校長にアントワーヌのアリバイについて聞いた。

「君たちが遺跡に入っている頃、アントワーヌは授業をしていた。奴は遺跡に居た魔術師ではない。

……早とちりしたな。頭を冷やすいい機会だ。おとなしく寮に籠っていろ」

ハッキリとハルマン副校長は言った。本当に僕の勘違いだったようだ。

次の日、謹慎1日目。

談話室で項垂《うなだ》れていると、機嫌よくアフロン先輩とリゼット先輩が絡んできた。

「いきなり教師をぶん殴るとは、いい度胸してるなぁ！」

アフロン先輩は背中を叩いてくる。

「殴ってませんよ。胸倉を摑んだだけです」

リゼット先輩は僕の肩に肘を乗せ、

「初対面の時はおとなしそうでつまんなそうなやつが来たなー、って思ったけど、まさかオレ達と同じ問題児側だったとはな。気に入った！　お前を舎弟にしてやる」

普通、謹慎をくらうような人間は警戒されるはずなんだけど、この2人にはむしろ気に入られてしまった。

「ほれほれ、お前らとっとと学校行け！」

寮長が言うと、リゼット先輩は髪を直しながら、

「寮長は授業出ないいんですか？」

「俺は午後からなんだ」

先輩方は談話室を出て校舎へと向かった。

談話室に僕と寮長だけが残る。

寮長は僕の正面の席に座って、３冊の教本を渡してきた。

「これは？」

「ハルマン副校長が朝に来てな、これをお前に渡すように言われた。謹慎中の宿題だ」

３冊とも魔術についての本だ。

僕は本を部屋に持ち帰り、机で読み始めた。

①魔術の使用回数
魔導具の使用回数は決まっている。例えば火炎魔導具の〝フレーミー〟は5式、5回使えば魔導印は消えてしまう。だが、使い慣れた魔術ならば使用回数を多少いじることが可能である。しかし使用回数をいじると一撃一撃の魔術の威力も変わるので注意。回数を増やせば威力は減少し、回数を減らせば威力は上昇する。

②紋章
　魔導印とは無生物に刻むことができ、生物には刻むことができない。だが中には例外もある。それが紋章である。紋章とは生物に刻まれた魔導印のこと。紋章は永劫に消えない魔導印、〝エーヴィヒカイト〟に分類される。紋章を刻むのに必要なのが〝紋章石〟。紋章石は魔術が擦り込まれた自然物である。紋章石を一飲みにすれば紋章石に刻まれた魔術が体に刻まれる。例えば〝フレーミー〟の紋章石を飲めば〝フレーミー〟の紋章が刻まれる。紋章の利点は3つ。1つ、詠唱の手間がない。2つ、〝エーヴィヒカイト〟であるため弾数制限がない。3つ、変幻自在。例えば〝フレーミー〟の紋章を持つ人間は自分の魔力が続く限り炎を体から発することができるし、炎を剣の形にしたり炎を矢にして飛ばしたりもできる。

　通常の魔術では発動形・使用回数・詠唱という制限があるのに対して、紋章は一切それらの制限がない。
③レスト
　レストとは器が魔導印に耐え切れず、器が塵となって消失する現象の名前である。魔導印と器には相性があり、相性の合わない器に魔導印をぶつけると器は消えてしまう。自分が扱う魔術に対して、レストする器とレストしない器を把握しておくことが大切である。


「駄目だ……」

　頭に入らない。どうしても奴のくすんだ緑の瞳が頭に浮かぶ。

僕は宿題を開いたまま放置し、ベッドに飛び込んだ。

「……なんだ？」

なにかが頭に引っかかる。

「器が耐え切れない時、器は塵となって消える……」

なにか、とてつもない違和感が――

「……っ!?」

頭の中に、とある日の一場面が横切った。

「そうだ、あの時、器は塵になっていない……！」

体を起こし、顎に手を当て考える。

僕は机の上にある羽ペンを手に、呪文を口にする。

「【テロスバプティスマ】」

羽ペンに魔導印が刻まれると、羽ペンは塵になって消えた。

やはり、器が魔導印に耐え切れない時、器は塵になって消えるのだ。

ならば、どうしてあの時、僕の杖は――

「――」

奇跡でも起きなければ、僕がこの学園島の中から緑眼の男を探すのは不可能だ。

でも奇跡は起きた。いや、奇跡は起きていた。

気づいたらもう、動いていた。全身に負の感情が迸っていた。どす黒い復讐心が迸っていた。

僕は大剣の入った絵画を持って、寮を出た。

◆

「終わりだな、執行人」

寮から出て、坂の上を歩いていたら、なにもない場所からアントワーヌの声が聞こえた。透明化の魔術を使っているのだろう。

「休みを取って、張り込みをしていてよかったよ」

アントワーヌは魔術を解き、姿を現す。

「謹慎を破ってどこへ行く？　いいや！　どこに行こうが関係ない！　謹慎命令を無視すれば即退学、これは絶対のルールだ。貴様はこれを破った。もう、おしまいだ!!」

僕は顔を上げて、アントワーヌの目を見る。

「……暇な男だな」

「ひぃ!?」

アントワーヌは僕の目を見て、肩を震わせた。アントワーヌはすぐさま杖を手に取った。杖を持つ手は震えている。

「ななな、なんだ!?　なんだその目は！！？」

アントワーヌは顔全体に汗を巡らせる。

僕の心はいま、処刑人の頃に戻っていた。だから、きっと今の僕の顔は——あの死神の顔になっていることだろう。

人の命を奪うことに慣れた、クソッタレの顔だ。

「——アントワーヌ。明日以降、どれだけ僕を邪魔しようと構わない」

抑揚のない、淡々とした声で言葉を並べる。

「だけどもし、いま、僕の邪魔をするなら——」

最後に怒気を孕《はら》んで言い放つ。

「殺すぞ」

アントワーヌは手から杖を滑り落とし、膝から力を抜いてその場に跪《ひざまず》いた。

アントワーヌの顔は、僕に屈服した時のブラックリザードと同じ表情をしていた。

第十章　死刑の行方

男を追って、夕焼けに染まる道を歩く。

男はキョロキョロと首を動かし、大橋を渡って商業エリアから自然エリアに入った。

男は森の中へ入り、１００歩ほど歩いた後、木影に潜む僕の方へ視線を送った。

「そんな下手な尾行に気づかぬ私だと思うか？　シャルルよ」

男――ガラドゥーンは杖を向けてくる。

僕は木影から出て、ガラドゥーンの前に出た。

「教務棟を出てからずっとついて来ていたな。何の用だ？」

「ガラドゥーン先生。こんな時間にどちらへ？」

「君に、教える必要があるのかね？」

「当てましょうか？　――遺跡エリアでしょう」

ガラドゥーンはピクッと杖を揺らし、眉を吊り上げた。

「なぜ、そう思うのかね？」

「……あなたがケノス教徒だから」

ガラドゥーンは動揺しない。

「私がケノス教徒？　面白くない冗談だ。根拠を尋ねようか」

「魔術実習の授業ですよ」

「なに？」

「あの授業で僕が洗礼術を詠唱した時、杖は焼き切れた。ついさっきまでは杖が洗礼術に耐え切れないからああなったと思っていた。けど違う。器が術に耐え切れない時、器は必ず塵となって消えるんだ。つまり、杖は術に耐えられなかったから焼き切れたんじゃない。誰かが僕の杖を焼き切ったんだ」

「――ふむ」

「どうして、そいつは僕の杖を焼いたのか。答えは簡単だ。そいつはケノス教徒で、ケルヌンノスの紋章を宿していたから洗礼術を怖がったんだ。僕が洗礼術を唱えるのを聞いて、咄嗟に火炎魔術で僕の杖を焼き切った。もしも僕が洗礼術を発動すれば、そいつの身は焼かれ自分がケノス教徒だとバレてしまうから」

僕は絵画に手を突っ込み、処刑用の大剣を取り出す。

「あの日、あの時。僕の杖の射線上に居て、僕に杖を向けていたのは――お前だけなんだよ。ガラドゥーン」

例の遺跡に出たトロールは使い魔だって話だ。

この男は折り紙を魔獣に変化させる術を使える……トロールだって使役できてもおかしくはない。

「それに、僕が試験会場で洗礼術を披露した時、お前だけが驚いていなかった。僕が洗礼術を使えると知っていたからじゃないのか？」

「……はて、その程度のことでは証拠たりえんな」

「なら黙って洗礼術を受けろ。全てはっきりする」

ガラドゥーンは杖を天に向け、

「【ズーヘデンファイン】」

杖から緑色の光が飛び散り、粉となって幅広くまき散らされる。

モニカの使い魔が使用した探索魔術に似ている。

「索敵の魔術か？」

「正解だ。我が魔術によるとこの森には君と私以外居ないらしい」

ガラドゥーンは杖を下げ、腹を抱えた。

「ふふ、ふははははははっ！！！　よもやこんな凡ミスで正体がバレるとは……〝テロスバプティスマ〟。この詠唱を聞いた時、反射的に君の杖を焼き切ってしまった。授業用の杖では洗礼術に耐え切れないというのに」

ガラドゥーンは右手の手袋を外し、手の甲を見せてきた。

ガラドゥーンが魔力を漲らせると手の甲に例のマークが現れた。


――羊の頭に蛇の体。

「ケルヌンノスの紋章……！」

「我が主《あるじ》よりこの紋章を受けた時から、洗礼術には過剰に反応してしまうようになった。悪癖だな。これからは気を付けよう」

ガラドゥーンは顔を変形させる。

瞳の色を変える。

ガラドゥーンの顔は次第に若くなり、鼻筋を跨ぐ蛇の刺青が彫られる。奴の顔は、ミルク売りの男と同じ顔になった。そしてその瞳の色は――くすんだ緑色だ。恐らく、これが奴の素顔。

心臓の鼓動がいつもより大きく聞こえる。

頭に血が上る。瞬きを忘れるほどの――激しい怒りが体の中を暴れ回る。

「しかし、なぜだ？　どうして私がケノス教徒だと知っていて、１人で来た？　ハルマンでも連れて来れば私は詰んでいたというのに」

どうして？

どうしてだろう。

わからない。ガラドゥーンの言う通りだ。ハルマン副校長に今のことを話し、多数の教師でコイツを囲えばそれで何事もなく終わるじゃないか。

どうして僕は１人でここに来た……？

「最後の授業だ。君の現在の行動に伴《ともな》った『心』を教えてやる。君の恋人アンリ＝サンソンは私の

せいで死んだ。君は私が憎い。だから誰にも渡したくなかったのだ。私という、獲物を」

「獲物……」

「復讐心というやつだ。君は、復讐するため、自分だけの復讐を成すためにここに来たのだ。他の誰でもない、自分自身の手で、私を殺すためにここに来た」

復讐……僕は復讐をするためにここに来たのか。

「君のことはよく知ってるよ。死刑執行人、名も無き奴隷よ。そして彼女のことも、アンリ＝サンソンのことも良く知っている。とてもとてもやさしい子だったね。健気で、温かくて、不思議と周りを笑顔にする力を持っていた――」

「……語るな」

「む？」

「お前がアンリを語るなぁ!!」

ガラドゥーンは残念そうに、眉をひそめた。

「怒らないでくれ。君たちを貶すつもりはない。私は君も彼女も尊敬しているんだ。虐殺を止めるため、咎を引き受けた彼女も、彼女の気持ちを汲んで、首を斬り落とした君も、素晴らしい人間だと思ってる」

誉め言葉がここまで鬱陶しく感じたことはない。

「睨むなよ。むしろ私は、君には褒められてもいいと思っているんだがね。私はアンリの気持ちを汲んで、アンリが襲撃事件の首謀者だとでっちあげるために奔走したのだ。判事を脅迫したり、民衆を煽ったりしてね。私の努力の甲斐あって、アンリの願い通りに事は進み、虐殺は止まったのだ。君がアンリの首を斬り落とした時、私は泣きながら拍手をしたよ。あの処刑は、私と君とアンリで成し遂げた偉業だ」

「元凶が、吐く台詞とは思えないな……！」

「元凶は私ではない。私は監獄に捕まったケノス教徒などどうでもよかった、私に監獄を襲撃するよう命令を下したのは上の連中だ。元凶と呼ぶべきはそこだろう」

「そんなもの詭弁《きべん》だ！　お前さえ、お前さえいなければ！　今頃、僕達は……２人で幸せに生きていたんだ！」

ガラドゥーンは「そうそう、思い出した」と言葉を紡ぐ。

「君たちには夢があったね。金を貯めて、街を出て２人で暮らすという夢が」

――『私ね、シャルルが好きだよ。君とならどこにでも行ける。この街から出て、死刑執行人としての君を誰も知らない街まで行くの』

「浅はかな夢だ」

ガラドゥーンは呆れたように言う。

「死刑執行人と、死刑執行人の家系の娘が知らない街で暮らしていけるものか。いくら金があっても、どこかで必ず破綻するだろう。彼女が夢を語る度、嘲笑を我慢するのは苦痛だった」

ガラドゥーンは挑発している。

ガラドゥーンにとって一番僕にとってほしくない行動は『逃走』だ。僕が全力で逃げて、教師に真実を告げることを恐れている。だから僕を挑発し、殺意を煽っている。

わかってはいる。いるが……！

「君はまた、死刑撤廃などという分不相応な夢を見ている。いい加減、希望を抱くのはやめろ。シャルル、君に喜劇は似合わない。君には悲劇がよく似合う——あの運命の日、アンリの首を斬り落とし、力無く泣き崩れる君の姿は——美しかった」

大剣に巻かれた包帯に、手を掛ける。

包帯を解けば、加減は効かなくなる。

包帯を解かなければ、相手を殺さないよう、加減できるだろう。

僕は——……

追憶　その5

それは運命の日の前日。

僕は捕まったアンリを連れ出そうと、何度も牢屋に突撃をしては返り討ちに遭った。

体中に青あざを作り、真夏の地面に顔を当てていた時、ご主人様がやってきた。

「明日のアンリの死刑執行、できるな?」

ご主人様はアンリに対しても愛など無かった。

彼女があらぬ疑いを掛けられた瞬間、彼女に対して一切の支援をしなくなった。最低の父親だ。

「お前がやらなければ他の人間がやるだけだ。アンリを殺したいと言う人間は多い。どうする?」

珍しく、ご主人様が『やらない』という選択肢を用意した時だった。

けれども僕は、誰とも知らない人間にアンリを処刑させることはできなかった。なぜなら、きっと僕は、アンリを処刑した人間を殺してしまうだろうから。

そうなるぐらいならばと――

「やります」

僕は承諾した。

そして、処刑の日がやってきた。

彼女を縛る縄を持って、兵士に囲まれながら民衆の間を歩いて行く。

——早くそいつを殺せ！

——許すまじき邪教徒め!!

聞くに堪えない罵詈雑言が飛び交った。

彼女も僕も、全身に傷を作っていた。

処刑台に上がったところで、ようやくうるさい声が止み。

僕達に、会話する時間ができた。

「ごめんねシャルル。私のせいで迷惑かけちゃって……私のことはさ、忘れてね。私のことは忘れて、幸せに生きて」

どれだけ、どれだけの悪意を向けられても、彼女は笑みを消さなかった。

自分が救った人たちに汚い言葉を浴びせられても、彼女は笑って許した。

「それは……できないよ」

そう、冷たく僕は返した。

執行の時間が迫る。

僕は大剣を握る。重い、腕が震えて、うまく持てない……。

視界が歪んで、頭は真っ白になっていた。吐き気が凄くて、誰の存在も感じなくなっていた。

「はぁ……はぁ……！」

心臓が痛い。呼吸が辛《つら》い。

太陽の光がいつもより熱く感じる。

熱い汗と冷たい汗が混ざり合ってつま先に落ちた。自分の魂が、体が、死刑を執行することを全力で拒否していた。

「大丈夫」

言葉をかけてくれたのは、慰めてくれたのは、今から殺される死刑囚《アンリ》だった。

「大丈夫。大丈夫だよ、シャルル」

どうしてだい？

どうして君は、こんな時にまで、人の心配をできる？

にひ、と笑った顔は、痣まみれで、悲痛だった。

誰よりも苦しい彼女が笑っていたから、僕を慰めようと笑っていたから、僕も、彼女を慰めようと、

「えへへ……」

笑ったんだ。不器用に。

震えはいつの間にか止まっていた。

「シャルル、友達、ちゃんと作るんだよ？　いつまでもひとりぼっちじゃダメだからね」

そう言い放った彼女は、遠足へ行く子供を見送る母親のようだった。

どちらかというと、見送られるのは彼女だと言うのに。

「うん」

胸の底から湧き上がる悲しみを噛みしめ、頷いた。

「好きな人見つけて、その人と幸せに暮らしてね」

「うん」

「長生きしてね」

「うん」

大剣を振り上げて、彼女の首に狙いを定める。

絶対に失敗してはいけない。せめて苦しめずに逝かせるんだ。

涙を流すな、絶対に流すな。涙を浮かべれば、視界が曇って手元がズレる。

絶対に、涙を流してはいけない――

「シャルル……」

アンリはいつもの無垢な笑顔で、

「大好きだよ」

彼女の笑顔を見て、力を緩めかけた。

だがすぐに力を込め直す。己《おのれ》が使命を全《まっと》うするために――

「あぁ――ああ、うわあああああああああああっっっ！！！！」

大剣を振り下ろした。

その時、僕は初めて見たんだ。

彼女が、アンリ＝サンソンが――涙を流す姿を。

それを、もっと早く見せていたら、僕は剣をふりおろすことはできなかっただろう。もう、止めようがないところで、彼女は涙を見せた。

僕はそこでようやく気づいた。

彼女は死に恐怖する人間なのだと――ただの、1人の少女なのだと。

大剣が彼女の首を斬り落とした。

飛び跳ねる最愛の人の首を見て、僕の中で理想が熟した。必死に堪えていた大粒の涙が絶え間なく落ちていく。

「間違っている……こんなものは間違っている」

処刑台の上を転げまわる生首を見て、僕は呟く。

パチパチと拍手が耳に入る。

罪人が死んだことを讃える拍手だ。今の僕にとって拍手の音は、蠅の羽音よりも耳ざわりだった。

――死んで当然だ！

――邪教徒め！

――よくやったぞ執行人！

拍手の隙間に挟み込まれる民衆の声。

彼女を苛《さいな》む声、自分を讃える声、そのなにもかもが、ひたすらにうるさかった。

彼女の笑顔は眩しくて、

美しくて、
彼女が笑うだけで、世界は楽しいものだと思えたんだ。
そんな彼女を、僕は自《みずか》らの手で、処刑した。
『シャルル。大好きだよ』
処刑される前に、彼女はそう言った。
「僕も、君のことが大好きだった……アンリ」
暑い暑い夏の頃、
真っ赤な空の下で、
僕は愛する人を殺した。
どうして、彼女は死ななくてはいけなかったのか。
その答えを――ずっと探している。

◆

いつかの日を思い出し、包帯に掛かった手の力が強くなる。

「ガラドゥーン……お前に、罪悪感というものはないのか?」

「我が罪は我が神ケルヌンノスが許してくれる。だから私は躊躇なく罪を犯すことができるし、罪悪感を抱くこともない。神のいない君には、理解できないだろうがね」

――『またよろしくね！　シャルル!!』

――『だいじょうぶですよ～。さびしくないですよ～。アンリが一緒にいますよ～』

――『ねぇシャルル、いつかあなたがサンソン家から抜け出せたらさ、改めて、私が名前をあげるね！』

――『シャルル……大好きだよ』

彼女は無垢で天然で、だからこそ、見るだけで心が温まる笑顔ができた。

どれだけ悪意に晒されても笑って流すような彼女にこそ、神様は優しくするべきなんだ。

彼女のような善人が死んで、お前らのような屑が生きていい道理はない……！

「――僕にだっていたさ、神様が……小さな体の女神が……それを奪ったのはお前らだ」

「謝ってほしいのなら謝ろう。反省する気はないがね」

この男はこの先、多くの人間を不幸にするだろう。

コイツを殺して多数の人を救えるのなら、僕の殺意を止める必要はない。……そんな自己肯定の言葉が僕の手に、包帯を摑む手に、力を込めていく。

「ガラドゥーン。お前だけは、貴様だけは……！」

「過去に何度も君のような輩と戦ったことがある。怒りのせいで判断力をなくし、実力差を考えず無鉄砲に向かってくる。魔術師にとって怒りはマイナスファクターに過ぎん。〝冷徹〟に勝る戦闘感情《バトルエモーション》はない。断言しよう。君に私は殺せんよ、シャルル＝アンリ・サンソン」

包帯を解かず戦えば、生かせる。

包帯を解けば、加減はできない。つまり、殺すことになる。
奴を殺したい自分と、
死刑を殺したい自分が、
胸の内でぐっちゃぐちゃに溶けあった。
『君が私怨で人を殺した時、その時が、君の理想が死ぬ時だ』
僕は包帯を——解いた。
「そうか。——死ね」

第十一章　虎空真月

迷いが消えたら体は軽くなった。

僕は大剣を地面に突き刺し、大剣の半分を地面に埋めた後に詠唱する。

「罪深き魂に、無慈悲の洗礼を。罪なき魂に、無為なる祝福を」

両手で大剣の柄を握り、魔力を込める。

「洗礼術【テロスバプティスマ】」

左前腕で大剣の剣肌を擦る。

擦った跡には魔導印が刻み込まれ、赤色の亀裂が走り白光の膜が張られる。

大剣を地面から、鞘《さや》から剣を抜くように引っこ抜き、両手で構える。

「美しい……！」

ガラドゥーンは僕の大剣を見て両手を合わせ、拍手する。

「君ほどの洗礼術の使い手は世界を見渡しても3人と居ないだろう」

ガラドゥーンは指を鳴らした。

「【フォーフゲルト】」

ガラドゥーンは詠唱する。大きな魔力が動いたのを感じた。

しかし、魔獣は召喚されていない。


――ゴォオン！！！


なんだ？　地鳴りが響いて地面が揺れたぞ。

「学園エリア、居住地エリア、商業エリア。各地に設置した私の折り紙から、魔獣を発生させた。今頃、阿鼻叫喚になっているだろう。他の魔術師たちはそちらの処理で動けまい。この自然エリアで多少の魔術反応があっても誰も来ないということだ。――正々堂々、1対1で戦おう」

「好都合だな。――お前は誰にも譲らん。僕の手で処刑する」

「いいだろう！　それでこそだ！　君の人生《悲劇》に終止符を打ってやる!!　【フォーフゲルト】ッ!!」

ガラドゥーンは蛇の形をした折り紙を十数枚ばら撒き、魔獣に変化させる。どいつもこいつも邪気を孕んでいる。気迫で言えば、遺跡エリアで会ったトロールに匹敵する。

「ケルヌンノス様の力で私の魔力は強化されている。以前の教務室で出した魔獣とはレベルが違うぞ」

向かってくる大蛇。

僕の首を狙っているようだ。

「――失せろ」

大剣を横に薙ぎ、魔獣たちを一刀両断。蛇は灼け死んだ。

無言で驚くガラドゥーンに、僕は笑いかける。

「……レベルの違いとやら、僕にはよくわからないな」

真っすぐと踏み込む。

「【フォーフゲルト】！」

二足歩行の象が召喚された。人間と象を足して2で割ったような歪《いびつ》な魔獣。

軽く大剣を振り上げ、一刀両断。さらに踏み込む。

「これほどとは……！」

距離2メートル。間合いは詰まった。

「【ドゥナー】ッ！！」

「くっ!?」

ガラドゥーンは杖から雷を発し、大剣を持つ僕の手に雷撃を浴びせた。

手が痺れ、大剣が落ちる。

「私の武器は召喚魔術だけではない」

魔獣が駄目なら基礎魔術で迎撃か。魔術実習を担当していただけあって手広く色々な魔術を使える。強いな。だが――

「私の手札を見誤ったな。執行に――がはっ!?」

右足をガラドゥーンの腹部にめり込ませ、両手の痺れが回復したあとは拳を握って連打を浴びせる。

「ぐ、か、ぁはっ!?」

まずは肺、次に喉を殴り潰す。これで詠唱はできない。

「撲殺刑だ……!」

思わず、笑いがこぼれた。

奴を殴る度、僕の精神は歓喜の声を上げる。

これが復讐の味なのだろう。

認めたくはないが――

「クセになる」

――骨一本残さず砕いてやる……!

「【フォーフゲルト】!!」

「なに!?」

マントの中から多腕のトロールが飛び出て質量で僕を押し返した。ガラドゥーンもトロールに押され、吹き飛んだ。

――どういうことだ?

ガラドゥーンの喉も肺も回復している。僕が与えた傷も、トロールが与えたダメージも消えている。そうか、これがケルヌンノスの紋章の力か。

僕は飛ばされながら大剣を拾う。両手で大剣を握り、トロールの右足首を切断、足首を失って落ちて来た腰を斬り、最後に首を斬り飛ばす。

死刑執行人が洗礼術を覚えさせられる真の理由を体で理解できた。

アランロゴス校長の言う通り、奴のような邪教徒はただの剣じゃ殺すことは不可能だろう。奴のように再生能力の高い存在を一息で処刑《ころ》すには洗礼術が必須だ。

あぁ、どうでもいい。どうでもいいことだ。こんなどうでもいいことに思考を割くな。奴を殺すことだけに集中しろ。対象の命を効率的に、素早く断つことのみに集中しろ。そう、処刑台の上に居る時のように――死刑執行人で在る時のように……!!

「馬鹿な、私のしもべがまるで歯が立たん……！　これが君の本気か！　執行人ッ!!」

トロールの屍を越え、奴を視界に捉える。

「ならば!!」

ガラドゥーンは背を向け、全力で逃走していた。

「……あの再生力は驚異的だ。一息で急所を潰す。やはり狙い目は――首だな」

折り紙がばら撒かれ、魔獣となって迫りくる。

魔獣の攻撃はフットワーク《足運び》で躱しスルー。ガラドゥーンを追う。

〝フォーフゲルト〟は魔獣を召喚する術だ。紙の形で召喚獣の形を変えていると見て間違いない。

同じ鉄を加工したものでも、槌《つち》と剣とじゃ魔術の発動形が変わるように、紙の形が変わると召喚できる魔獣の形が変わるのだろう。

強い能力だ。洗礼術という、天敵が相手じゃ無ければな……！

「奴め……商業エリアに戻るつもりか?」

遺跡エリアの南が自然エリア、そのさらに南には商業エリアがある。奴が向かってるのはそこだ。

妨害用に繰り出される魔獣を倒していくと、大橋へたどり着いた。

大橋の先には多数の人間とガラドゥーンが召喚した魔獣が入り混じっている。

「ちっ!」

奴の姿が無い。

変装魔術で紛れたか。同じような体格の人間が多くて絞り込めない。人ごみに紛れて不意打ちするつもりか。

人が多すぎる。邪魔だな。まぁいいさ。

どこに隠れようが逃がしはしない。

僕は目に入った時計塔の壁を駆けあがり、中腹部分の壁に大剣を突き刺し、大剣の上に飛び移る。

腰紐《ベルト》に差してある黒の杖、2日前に買ったダルフネスを手に取る。

『その杖なら君の洗礼術にも、1発ぐらいなら耐えられる』

その言葉、信じますよ。ハルマン副校長。

「【テロスバプティスマ】」

杖に魔導印が刻まれる。杖は消失することなく残っている。

杖を振り、人だかりに向ける。

杖の先から洗礼の光が飛び出し、無数の光の矢となって人だかりと魔獣の群れに降り注いだ。

光に撃たれた人間は一瞬驚くものの、すぐに体にダメージがないことに気づき、安堵する。

「なにこれ!?　魔術!?」

「でも、当たっても、いたくねぇぞ?」

当然だ。

洗礼術は邪悪なる者にしか効かない退魔の力。魔獣は溶けるが善良な一般人に害はない。

だがお前はどうだガラドゥーン。邪教徒たるお前は、いくら一般人に化けようとも洗礼術の対象だ。

——中肉高身長の商人のような恰好をしている男性が、体から煙を上げた。

これが俗にいう、炙り出しというやつだな。

「バーサーカーめ……!」

体を洗礼の光に焼かれ、ガラドゥーンは跪いていた。

体の半分に商人の幻影がある。幻影は洗礼術に焼かれ消失。ガラドゥーンは睨みつけるように僕を見上げていた。

ガラドゥーンの異常に気付いて周囲の人間が一斉に去っていく。場に残されるは僕とガラドゥーンだけとなった。

「武器種によって魔術の発動形は変わる、でしたよね?　あなたが教えてくれたことだ」

「ぬう……!」

「——ありがとう先生、役に立った」

役目を終えたダルフネス《杖》は塵となって消えた。

高揚感が体を包む。

待っててくれ、アンリ。

すぐに地獄に落としてやる。君を謀殺した人間を……！

「主よ！　私に勝利の天命をくだされ！！」

ガラドゥーンは鳥の形をした折り紙を空に投げる。

ガラドゥーンの右手にある紋章が、闇の輝きを発する。

「【テロス・フォーフゲルト】！！！」

紫の炎を纏った、巨大な鳥が奴の頭上に展開された。

僕は大剣を壁から引き抜き、地面に飛び降りる。

「我が最強のしもべだ！　焼き消えるがいい……！」

自信満々の奴の顔を、僕は鼻で笑った。

「ふんっ。それが最強か？　――〝カミ〟のように薄っぺらく見えるぞ……！」

僕は大剣に改めて詠唱を唱える。

「【テロスバプティスマ】。出力調整、7式から3式へ」

弾数を7から3に変更・減少させ、その分出力を上昇させる。

それだけじゃない。洗礼の斬撃を薄く伸ばして攻撃範囲を拡張する。

弾数調整。

斬撃伸ばし。

どちらも初めてやることだ。

できるか？

できるだろ。

この万能感に身を委《ゆだ》ねよう。全て上手《うま》くいく……！

「不滅の炎だ！　処刑の刃で刈り取れるかね!?」

「貴様の魂ごと洗い殺してやる……！！」

巨鳥は口元に巨大なエネルギー体を作り上げ、僕に向ける。

僕は大剣を振り上げ、渾身の力で振り下ろした。

洗礼術〝波刑《はけい》・虎空真月《こくうしんげつ》〟

「――ッ！！？」

「……っ!!」

洗礼の斬撃と不滅の炎は衝突し、天に白光を照らした。

――洗礼術〝波刑・虎空真月〟。

弾数を3に絞り威力を上昇させ、斬撃を拡張させて遠方の敵を斬り裂く技だ。

技の肝は振り上げと振り下ろしの二重波状斬撃。3まで絞った弾数を贅沢に2つ使う。

振り上げた時、放った洗礼の斬撃は不滅の炎と拮抗した。

拮抗している所に振り下ろしの斬撃を送る。2振り目の洗礼の刃は炎を斬り裂き、巨鳥を真っ二

つに斬り裂いた。

「……これを、もってしてもか……!?」


ガラドゥーンの手の紋章から力が消えた。魔力を使い果たしたのだろう。

奥の手を斬られたガラドゥーンの目に、もう力は無かった。

「ガラドゥーン。楽《らく》に逝《い》きたくば跪《ひざまず》き、頭《こうべ》を垂れろ」

最低限の慈悲の言葉を送る。

ガラドゥーンは膝を地に付けたまま頭を垂れた。死刑囚のように――

「手短に頼む……」

「承知した」

ガラドゥーンに向かって駆ける。

洗礼の刃はあと1つ残っている。これで、終わりだ……！

「そこまでだ!!」

ガラドゥーンに向けて振り下ろした大剣は、腕1本で止められた。

大剣を止めたのは葉巻を咥えた女性――

「ハルマン副校長……！」

「まったく、世話の焼ける生徒だ」

乱入してきたハルマン副校長は右腕で大剣の勢いを完全に殺した。鋼を殴ってるような変な手応えだ。見た目は完全に人の腕なのに、人間の腕の感触じゃない。義手か？

「捕えろ！」

ハルマン副校長が命令すると、建物の影から何人もの教師が飛び出てガラドゥーンを捕縛した。

「ぐあっ！！？」

「ガラドゥーン！　貴様の罪は重いぞ……！」

「殺せシャルル！　私を殺せぇ!!」

ガラドゥーンの全身に魔導印が刻まれた札が次々と貼られていく。札が奴の全身に張り巡らされると、奴は真っ暗な異空間に吸い込まれて消えた。死んだわけではない気がする。恐らく、どこかへ運ばれた。とても、暗い場所へ。

魔術師世界の罰とやらがどんなものかは知らない。だがこれだけはわかる。奴には死よりも恐ろしい罰が与えられることだろう。

「……くそ」

――殺し損ねた。

「どうして、ここに？」

僕が問うと、ハルマン副校長は絵画を投げてきた。結界を内包した絵画――僕が森で捨ててきた物だ。

「私が張った結界の位置は全て把握している。謹慎中の生徒に預けたままの結界が寮の外に出ていたんだ、駆け付けて当然だろう」

　ハルマン副校長は視線を僕に向ける。

「なぜ、奴を殺そうとした？」

　ハルマン副校長は血筋を額に浮かばせ、睨みつけてきている。

「説教でもするつもりですか？」

「いいから答えろ」

　葉巻を噛みちぎり、口に残った破片を吐き捨て、ハルマン副校長は腕を組む。

「私は怒っている。君は言ったはずだ、死刑を殺すと。私は君のその理想に惚れている。君が夢に向かうためなら、できるだけの支援をしようと考えていた。なのに君は、復讐・仇討ちなどという凡庸なことをしようとした。ひどく、つまらない選択だ」

「……奴は、アンリを謀殺した」

「だから許せなかったと？」

「許せるはずがないだろう！」

　掠れるぐらいの声を出した。

「奴が、奴らがアンリを殺したんだ！　許せるはずがない！　アイツの罪を裁くためにも、僕は……！」

「『死による断罪はない』。それが死刑に反対する上での根幹たる思想だ。前にも言ったはずだ。君は、『殺人』以外の方法で奴を断罪しようとせねばならなかった！」

「アイツはどれだけの痛みを与えようとも自分のしたことを省《かえり》みない、そういう男だった！　――死なないと、治らないクズも居る!!」

　パチン。

　鼓膜に、甲高い音が響いた。頬に痛みがある。

　そうか、ビンタされたのか。

　ハルマン副校長は鋭くも冷たくはない眼で僕を見ていた。

「撤回しろ。――それは君の理想を否定する言葉だぞ」

「――ッ!!」

　僕は歯を軋ませ、顔を逸らす。

「教師面するな……！」

　逃げるように背中を向けると、肩を掴まれて止められた。

「君が死刑を許せないのは恋人を冤罪による死刑で失ったから、本当にそれだけか？」

「……っ！」

「誰よりも身近で死刑と向き合ったからこそ、死刑を殺したいと願ったのではなかったのか！　千の処刑を越えて辿り着いた理想ではないのか！　死による断罪はないと、命が無ければ罪は償えないと、そう思っていたからではないのか？　たかが仇討ちで散らせるほど、軽い理想なのか？」

　多くの種類の死刑囚を見てきた。

　死の直前でも反省せず、死んだ後もあの世で罪を犯すと宣言した奴も居た。奴は地獄でもケラケラと笑っていることだろう。

心から反省し、自分が苦しめた人のために人生を捧げたいと願った人も居た。あの人にとっての断罪は、本当に死によってできたのだろうか。

生き地獄というものがあるように、生きることは辛《つら》いんだ。なのに生きることから解き放つことで、本当の意味で、断罪はできるのだろうか。死んだ人間はなにも残さない。

死刑によって、誰が救われるというのか。そんな疑問が、僕の内にはあったんだ。

アンリの死を境に、その疑問は膨らんで……それで……。

「……わからないんだ。なにも。頭の中がぐちゃぐちゃで、理想と復讐が混ざって、なにもわからないんだ。死刑を殺したい自分と、奴を殺したい自分、どちらが本音なのかわからないんだ」

きっと、どっちも本音だからこそ、なにもわからないいんだ。

ハルマン副校長は僕の肩から手を放した。

「15歳という年齢は多くの悩みを抱くものだ。しかし君の場合は背負っているものが重すぎる。誰かに痛みを分けることも覚えたまえ。そのままじゃ、いずれ壊れてしまうぞ」

ハルマン副校長は最後に頭をポンと叩き、夜の闇に消えていった。

「……もうとっくに壊れている。だから僕を呼んだのだろう、この学園へ……」

ハルマン副校長、僕には痛みを分けられる人間が居たんだ。でも、彼女は死んでしまった。僕の痛みを分けられる相手なんて、もうどこにも居やしない。自分1人で最後まで背負うしかないんだ。

大剣を絵画にしまい、寮の方へ足を向ける。

「いやー！　よーやく消えたか、ハルマンちゃん」

カツ、カツ、と地面を鳴らす音。

声の方、後ろを向く。

足には下駄、口にはキセル。羽織を着た肌の黒い男だ。年は20歳後半から30といったところか。

たしか、レクリエーションの説明をしていた教師だな。

男は「ふむふむ、へぇ」と僕を観察した後、言葉を発した。

「シャルル＝アンリ・サンソンで間違いないな？」

「……あなたは？」

「オイラは〝青龍組《セイリユウ》〟担任にして副校長の1人、〝コバヤシ〟だ。ついて来てもらうぜ。アランロゴス校長が今回の件でお前に話があるそうだ」

こんな暗い気分でうろうろと歩き回りたくはないが、校長の呼び出しを断るわけにもいかないか。

「わかりました」

僕は校長の待つダーツ城へと歩を進める。

第十二章　2人の執行人

コバヤシ副校長に連れられ、ダーツ城の校長室の前に連れてこられた。

コバヤシ副校長は校長室の扉をノックする。

「アランロゴス校長。シャルル＝アンリ・サンソンを連れてまいりました」

「入りなさい」と校長の返事。

コバヤシ副校長は扉を開け、僕に道を譲った。

僕は「失礼します」と言い、校長室へと足を入れる。

「やーやー！　ご活躍だったね、シャルル君。コバヤシ副校長、君はもう下がりなさい」

校長の言葉にコバヤシ副校長は難色を示す。

「完全にパシリじゃないですか。オイラだって暇じゃないんですよ。この程度の任務、そこらのザコ教師に頼んでくださいよ」

「ハルマン副校長に気づかれず、シャルル君を連れてこられる人間は数えるほどしかいない。今度ラーメン奢るからサー、機嫌直してよ」

「へいへい。失礼します」

コバヤシ副校長は部屋を出る。これで部屋には僕とアランロゴス校長の2人だ。

「吾輩の用件はわかっているよネ？」

「はい……」

アランロゴス校長は手を組み、険しい表情をする。

「今回のガラドゥーンの件だ」

僕はなにを言われるよりも前に、頭を下げた。

「すみません。独断で動き、いらぬ被害を学園島にもたらしました」

僕がやったことは間違っている。

ガラドゥーンの正体に気づいた時点でハルマン副校長に連絡していれば多数の教師で囲み無血での決着が叶ったはずだ。魔獣を学園島に召喚させることもなく、他の人達に被害が出ることもなかった。

謹慎中なのに外に出たこともある。下手したら退学か……。

「顔を上げなさい」

アランロゴス校長のゆったりとした言葉を聞き、頭を上げる。

アランロゴス校長は白塗りの顔をニッコリと笑わせていた。

「確かに君が我々に協力を求めていたら被害は最小限に抑えられたであろう。君の選択は最善ではなかった、けれど最悪でもない。君という存在がこの島に居なかった場合の話をしよう。ガラドゥーンは遺跡エリアに入る直前で島中に魔獣を拡散、我々が魔獣に手を焼いている間に遺跡に侵入しケルヌンノスの遺体を探したであろう。君が居なくとも、ガラドゥーンが遺体を入手することを阻止することはできた。だが、君が居なければもう1時間は動乱終結まで時間を要したであろう」

僕を庇うわけではなく、アランロゴス校長は純然たる事実を述べている。

僕が居なくとも阻止はできたのか。それはそうか。ケルヌンノスの遺体をそう柔いセキュリティで守っているはずもない。

「1時間も魔獣が野放しになれば、死者も多数出たはずだ」

「……今日、死者は出たのですか？」

「安心しなさい、死者は出なかった。負傷者は多数出たけどね。君がガラドゥーンを倒した時点で魔獣は全て消滅した。魔獣が現れてから、消えるまではたったの5分。これぐらいの時間なら非魔術師でも護身用の魔導具で逃げられる」

5分。ちょうど僕と奴の戦闘時間と同じだ。

ホッとした。もし死者が出てたら取り返しがつかなかった。

「君が居なければかなーり困った事態になっていた。最善でなくとも、君の功績は素晴らしいものだと言わざるを得ない。学園を代表して、礼を言いたい」

「そんな、褒められるようなことじゃありませんよ。僕は誰かを守るために戦ったわけじゃありません」

「今は感情抜きの話をしている。結果として、君は我々を救ってくれた。感謝しているよ、本当にね。謹慎を破った件も気にすることはない。報酬も用意させてもらったヨ」

アランロゴス校長は引き出しからなにやら豪奢で小さな箱を出した。ジュエリーケースだ。ケースは3つある。

「紋章石というものを知っているかな？」

「……生物に、魔導印を刻む石」

「そう。これを飲めば、君の体は紋章石に刻まれた魔術の魔導具となる」

不思議な魔力を感じる。

指がピクリと動いた。体が、あの石を求めている。気を抜いたら手を伸ばしてしまいそうだ。

「この3個の紋章石の内、1個を君に差し上げよう」

「……いいんですか？　それだけの力を秘めた物なら、価値も相当高いですよね？」

「1個1億はするだろうネ」

「1、おく!?」

あまりの大金に声を上げてしまった。

つまり、僕の目の前にある紋章石の総額は――3億。

「吾輩の予測だと、君が居なかった場合の死者は100数名だ。彼らの命の価値と見れば、むしろ少ないぐらいだと思うけどね」

アランロゴス校長はケースを全て開ける。

右、赤色の宝石。

中央、白色の宝石。

左、青色の宝石。

どれも魔導印が刻まれている。

「赤の紋章石に刻まれている魔術は〝静寂を愛する者《メルセゲル》〟。詠唱封じの魔術だ。これを飲むと右か左、どちらかの瞳に紋章が刻まれ紋章眼《もんしょうがん》になる。〝静寂を愛する者《メルセゲル》〟の紋章眼の視界に収めた相手は全て、声を発することができなくなる。難点は紋章眼を開いている間、魔力が自動消費されるため日常生活では片方の瞳を塞いでいなくてはいけない。魔力消費も激しいから、戦闘時も決め時しか使えない」

詠唱封じ。真っ当に強力だ。相手の詠唱、つまり魔術を封じれば肉弾戦に持ち込める。僕の土俵だ。

だが片目を封じて行動するのは嫌だな。死角は増えるし、遠近感が狂う。度重なる死刑の経験から、目の重要性は理解している。たとえ片目でも封じるのは嫌だな。

「白の紋章石に刻まれている魔術は〝進軍せし者《グラディウス》〟。発動すると、一瞬だけ無敵になれる。これも魔力消費が多い。君なら使えて日に三度かな。たった一瞬とはいえ、発動している間はオーラを纏い全ての攻撃を弾く。カウンター魔術だネ」

無敵になれるとはいえ、たったの一瞬。使いどころを間違えれば無駄に魔力を消費する。安定して効果が見込める詠唱封じに比べるとピンキリな魔術に感じる。

「青の紋章石に刻まれている魔術は〝指揮する者《ディリゲント》〟。一定の条件を満たした対象と念話、つまりテレパシーができるようになる。単体ではあまり意味のない魔術だネ、連携重視の魔術だ。一度のテレパシーで消費する魔力は極小、他2つとは違って連発できる」

連携重視……悪くない魔術だけど、単体では効果がないという点が気になる。

いざという時は大抵1人だ。その時に頼りにならない能力は勘弁だ。

「さぁ、どれにする？」

敵にデメリットを与える赤。

自分にメリットを与える白。

味方にメリットを与える青。

この三択なら——

「白、〝進軍せし者《グラディウス》〟の紋章石でお願いします」

「わかった」

アランロゴス校長はジュエリーケースを持って立ち上がり、手袋を付けた右手で僕の右手を掴み上げ、手のひらを上に向けさせてジュエリーケースを乗せた。

アランロゴス校長の手は手袋越しでもわかるぐらい冷たかった。

僕はジュエリーケースを握りしめる。

アランロゴス校長は机に戻った。

「死刑を殺す道、ケノス教徒を殲滅する道、どちらの道においても必ず役に立つ魔術だ。——おっと、もう1つの道を忘れていたね。その紋章石を売り、何億という金を手に入れ、死刑執行人としての君を知らないのどかな街で幸せに暮らすことも可能だ。明るい笑顔の婦人と恋仲になり、畑を買って耕しながら長くゆったりと人生を過ごす。きっと、君の大好きな人は……そう生きて欲しいんじゃないかな」

たしかに、アンリはきっと……。

「どう使うかは君次第だ。吾輩はどの道を選んでも応援するよ」

「……ありがたく、頂戴します」

「うむ。これで吾輩の用は終わりだ。君から話がないのなら、退出していいよ」

「はい。失礼しました」

アランロゴス校長はニッコリと笑う。

「おやすみ」

僕はジュエリーケースを持って校長室から出た。

第十三章　選んだ道は

ダーツ城の廊下を歩いて行く。

左手にはジュエリーケース。〝進軍せし者《グラディウス》〟の紋章石が入ったケースだ。

紋章石……どう使うかは僕次第か。

「……」

正面の角から、1人の男が出てきた。

知っている人物と似た雰囲気を持っていたから、つい観察するように見てしまった。

金髪、目は青い。制服を着ているから間違いなく生徒、それも僕と同年代ほどだろう。

教師なら挨拶するが、生徒相手なら挨拶することもない。無言ですれ違う。

「おや、君は〝白虎組《ビャッコ》〟の生徒かな？」

廊下には2人しかいない。ということは、僕に話しかけているということ。僕の背中の白い虎を見て、僕が〝白虎組《ビャッコ》〟だとわかったのだろう。

僕は後ろを見る。男子生徒はこっちを見ず、言葉だけを僕に向けていた。

「ハルマン副校長のクラスの生徒だろう」

彼の背中には朱色《しゅいろ》の鳥が描かれている。

あの絵のクラスは確か――〝朱雀組《スザク》〟だ。

「校長室から歩いて来たということは、君も先の戦いでなにか戦果を残し校長先生に呼ばれたわけだ」

「……君は誰？」

「ヨハン＝テイラー。〝朱雀組《スザク》〟クラスリーダーにして、今年の特待生の1人だ」

特待生、僕と同じ……。

「そうだ、特待生と言えば……知っているかな？　特待生は毎年3人居るんだ。だけど私達の学年で判明している特待生は2人しか居ない。1人は私、そしてもう1人は〝青龍組《セイリユウ》〟のフランツ。はたして最後の1人は誰なのだろうか。私は気になって仕方がない」

「そっか。頑張って探すといいよ」

関わるのも時間の無駄かと思い、適当に切り上げようとするも、ヨハンは口を止めない。

「私の予想だと、最後の1人は〝白虎組《ビヤッコ》〟に居る」

「理由は？」

「副校長が担任だからだ。特待生が所属している〝朱雀組《スザク》〟も〝青龍組《セイリユウ》〟も、担任は副校長だからね」

そういえばハルマン副校長が言っていたな、今年は副校長が特待生を自分のクラスに入れていると。この男の考えは合っているわけだ。

「……もしかして、君だったりするのかな？」

ヨハンは首を回し、右目で僕を見る。

僕はヨハンの疑惑の目線を笑って流す。

「僕が特待生なわけがない。だって僕は〝白虎組《ビャッコ》〟で最下位の成績だよ」

嘘と事実を混ぜて口にする。

「君には心当たりがいないのか？」

「〝白虎組《ビャッコ》〟を探りたいなら、ラントに聞いたらどう？　血縁者でしょ」

ラントと同じ髪色と目の色とファミリーネーム。

顔つきも、ラントに似ている。ラントよりも色素の薄い肌で、顔も整っているけどな。

「……あんな愚弟《ぐてい》とはとっくに縁が切れている」

こっちが兄か。

兄弟仲は悪そうだな。当然と言えば当然か。明らかにラントとは噛み合わせの悪そうな雰囲気だ。

「まぁいい、焦る話でもない。クラス対抗戦が始まれば自《おの》ずと正体を現すだろう」

ヨハンは歩を刻み始めた。

クラス対抗戦？　なんだそれは。初耳だ。

「また会おう。シャルル＝アンリ・サンソン」

僕はダーツ城の外へ向けて10歩歩いた後、違和感に気づいた。

——奴め、なぜ僕の名前を知っている？

僕はまだ奴に名乗っていなかったはずだ。

振り返るも、もうヨハンの姿はなかった。

特待生、クラスリーダー、しかもこのタイミングで校長に呼ばれるということはガラドゥーンが起こした動乱において何かしら功績を残したということ。纏っている威圧感も同い年のモノとは思えなかった。間違いなく、相当な実力者。

ヨハン＝テイラー……覚えておこう。

◆

帰り道。多くの破壊の跡が目に入った。ガラドゥーンの放った魔物の仕業だろう。

その修理に教師生徒問わず、多くの魔術師が動員されていた。

この規模から見るにガラドゥーンはかなりの数の魔獣を召喚していたようだ。もしも魔獣を僕との戦いのみに集中していたなら勝負の結末は変わっていたかもしれない。

破壊の跡を見る度、それを直そうとする人を見る度、罪悪感が胸に刻まれる。自分の愚かな行動に怒りが湧いてくる。

最善の手を取っていれば、これだけの人の手を煩《わずら》わせることもなかった。そんな思いを抱きながら寮への坂を歩く。

今宵は寒い。風がよく吹いていて、冷たい風に体と心の温度が奪われていく。

寮に帰ると、もう時間は22時を回っていた。

談話室は灯りが点いていて、なにやら賑わっていた。

「よーし！　お前ら！　おでん食って力付けろ！　手分けして学園島の修理に当たれ！」

『おお!!』

寮長の号令でおでんを食べる〝月光寮〟の寮生たち。

おでんを口一杯詰めて、寮生たちは談話室から外へ出て行く。

「リゼット！　おれとお前は東側行くぞ！　あっちが被害やばそうだ！」

「飛竜で向かおう！　そっちのが速い！」

リゼット先輩とアフロン先輩は僕に気づかず、忙しそうに飛竜小屋に走っていった。

遅れて談話室から出てきたのはカレンだ。カレンは僕を見つけると、一瞬驚いたような顔をしたが、すぐさまいつものクールな顔つきに戻した。

「大丈夫？」

心配そうな声で、カレンは聞いてくる。

「大丈夫だよ」

「……そっか。ならいいや」

カレンは僕から視線を外して、緩やかな足取りで坂の下へ向かった。

談話室にはもう寮長しか残っていない。談話室に入ると、寮長が話しかけてきた。

「おかえり」

その一言が、なぜかとても嬉しかった。

寮長は僕の肩に手を置いてくる。

「事情はある程度聞いている。お前が色々と頑張ってくれたんだってな」

「寮長……僕は……」

「今日はもう休め。お前、すげー顔青いぞ」

談話室の窓に映った僕は、今にも死にそうな顔をしていた。こんな顔をしていれば『大丈夫？』と問われるわけだ。

思えば体が重い。目は乾ききっていて、瞼がいつもより速いリズムで下りてくる。

それでも――

「僕も手伝います！　なにかできることがあれば……」

「お前が倒れたら余計なロスが生まれる。今は病室だって空いていない。最善を選べシャルル。今のお前ができる最善は体を休めることだ」

食い下がろうと思ったが、これ以上寮長に手間をかけさせるのも悪い気がした。

僕はおとなしく引き下がる。

「すみません。休ませていただきます」

「おう！　また明日な」

階段を上がり、部屋に入る。

絵画を壁に掛けて、ジュエリーケースを持ち、シャワールーム横の洗面所に行く。

洗面所の鏡の前で、僕はケースを開けて紋章石を右手に握った。

紋章石を飲んで、ケノス教徒を抹殺する道へ行くか、
紋章石を飲んで、死刑を殺すための道へ行くか、
それとも、紋章石を飲まず、売り払い、のどかで安定した道へ行くか。

「……くそ」

なにを、なにを悩んでいるんだ。

僕は……僕は……！

『シャルル』

声が聞こえた。

彼女の声だ。

「アン、リ……？」

顔を上げて鏡を見ると、僕の背後からアンリが抱きしめてきた。

『ごめんね、シャルル。私が君を解放するって言ったのに、逆に私が君を縛っちゃったね……』

幻覚だ。幻覚に決まっている。

彼女はもう死んでいるのだ。

『いいんだよ、シャルル。もう頑張らなくていいんだよ。君は、君の幸せのために生きていいんだよ……』

これは幻覚。

僕が作り出した偶像だ。

僕の本音と言ってもいいかもしれない。

僕は、願っているのか。のどかな場所で、何者にも縛られない人生を。

「……教えてくれアンリ。なにが正解なのかがわからないんだ。ケノス教徒を殺せばいいのか、死刑を殺せばいいのか、ただ自由に生きればいいのか。僕にとっての幸せは何なのか、わからないんだ」

この世で一番嫌いな相手は自分だと答える人間は少なくないと思う。

でも僕ほど……僕ほど自己嫌悪を抱いている人間はそう居ないだろう。

嫌になる。

優柔不断な自分が、答えを出せない自分が、嫌になる。

結局僕はまた、誰かに答えを出してもらおうとしている。

『新しく好きな人を見つけて、その人と一緒になって、静かな場所で笑って生きればいいんだよ』

わかっているさ。彼女に聞けばそう返ってくると。

唇を噛みしめ、甘ったれた意識を覚醒させる。

──『僕は、死刑を殺す力が欲しい』

迷うな。あの雪空の下で誓っただろう。

僕は死刑を殺す。

そのために、この価値の無い命に火を灯したんだ。

君は止めるかもしれない。そんなこと忘れて、自分のために生きろと言うかもしれない。

でもね、アンリ。

これが一番、僕のための道なんだ。例え楽しくなくても、幸せでなくても、僕が一番胸を張って歩ける道は、この道なんだ。

「迷うな……迷うな！」

――僕は紋章石を口に入れ、飲み込んだ。

「うぐっ!?」

喉を通り、そのまま胃に落ちることはなく、紋章石は胸のあたりで炸裂した。

「が――――!!?」

右眉の上、額が焼き切れるほどに熱い。

耐え切れず、膝をつく。全身を燃え盛る縄で縛られているようだ。

痛みは数秒で去った。

体に漲《みなぎ》るパワー……ついさっきまでの自分の体と、今の自分の体は別物だとわかる。

前髪を上げて、自分の右眉の上を鏡に映す。

そこには剣を模した紋章があった。

成功、だろうな。

これでもう、戻る道はなくなった。

迷いはない。僕は死刑を殺す。絶対に今日のような間違いは起こさない。

憎しみを捨てろとは言わない。殺意を捨てるんだ。僕はもう誰も殺したくはない。僕が殺したいのはただ1つ、そうだろう。

「死による断罪はない。どれだけの人間に否定されようとも――」

この道を――僕は、

「進み続けてやる……！」

鏡に映る〝進軍せし者《グラディウス》〟の紋章に、そう誓った。

第十四章　3人の特待生

ガラドゥーンが起こした轟乱《ごうらん》が去り、シャルルが学園島に来てから二度目の日曜が訪れた。

学園島の修復作業は終了し、元の平穏が戻ってきた。多くの教師、生徒が力を尽くしたおかげでこれだけの時間で修復を終えることができたのだ。

今回の件で一番活躍した生徒はシャルルだろう。最善の行動では無かったものの、ガラドゥーンを単身で追い詰め、打倒した功績は大きい。しかし、彼以外の2人の特待生もまた、ガラドゥーンの魔の手から多くの人間を救っていた――

〝朱雀組《スザク》〟クラス校舎教員室。

〝朱雀組《スザク》〟のクラス校舎は宮殿である。

そこに通《かよ》う生徒もまた、宮殿に似合った騎士然とした者が多い。

右目を眼帯で隠した男、〝朱雀組《スザク》〟担任にして副校長のカイゼルは煙草に火を点けて温和な笑顔を作る。

「今回の騒動の魔獣討伐数、ナンバーワンは君だったようだね。素晴らしい。私も担任として誇らしいよ。ヨハン」

カイゼルの前で膝を付くは〝朱雀組《スザク》〟所属の特待生、ヨハン＝テイラーである。

「運が良かっただけです。たまたま私が居たところに多くの魔獣が出現しただけのこと」

「謙遜《けんそん》かい？　君のそういうところは嫌いじゃないよ」

カイゼルの声量は小さい。けれど、一言一言がよく通る。透き通った声だ。煙草で喉を焼いている男性の声とは思えない。

ヨハンはカイゼルが言葉を発する度、心を撫でられているような気がした。カイゼルは相手にとって最《もつと》も聞きやすい声量を見極め、そういう声の出し方をしている。実際、彼の声は大多数の人間にとって心地のよいものだが、ヨハンは多少の気色悪さを感じている。全幅の信頼を寄せるカイゼルだが、ヨハンはカイゼルのこの声だけは好きになれなかった。

「校長先生からは褒美になにを貰ったんだい？」

「〝静寂を愛する者《メルセゲル》〟の紋章石を頂きました」

「もう飲んだみたいだね」

「はい」

ヨハンの左瞼は糸で縫い止めてあった。瞼を下ろした状態で固定されている。

「左瞼を魔力の糸で塞いでいるのか」

「紋章が左眼に宿った瞬間、瞼が糸で結ばれました。念じれば簡単に外せます」

「紋章は扱いが難しい。今度、私が直接指導しよう」

「ありがとうございます」

「しかし……」

カイゼルは微笑みを崩さぬまま、頬杖をつく。

「こうも易々と紋章石を渡すとはね」

「それは私も驚きました。アランロゴス校長にとって紋章石はそう価値のない物なのでしょうか？」

「そんなことはないさ。いくら校長と言えど、所有する紋章石は10もないはずだからね」

カイゼルは眉間にシワを寄せる。

「……ガラドゥーンのせいでケノス教徒に遺体の位置がバレたから、少しでも戦力を増やそうと――だとしたら、他の特待生にも紋章石を渡しているかもしれない」

ヨハンはカイゼルの言葉を聞き取れず、疑問を表情に出す。

カイゼルはヨハンの表情を見て、いつも通りの微笑みを浮かべた。

「わざわざここまで足を運んでくれてありがとう。下がりなさい」

ヨハンは退出を命じられても立ち上がらなかった。

「……カイゼル副校長」

「なんだい？」

「なぜ、３人目の特待生を教えてくださらないのでしょうか」

「与えるばかりが教育だとは思っていないからさ。君は困るとすぐに私に甘える癖がある。気になるのなら、自分の力で探しなさい」

「——わかりました。失礼します」

ヨハンは教務室から出て、月明かりが照らす廊下を歩く。

（今回の一件で校長に顔を覚えてもらえたのは良かった。いち早く〝聖堂魔術師〟になるためにも、私は誰よりも優秀でいて目立たなければならない。学年トップの座は誰にも譲れない。私の皇道《おうどう》の障害となるのはやはり、他2人の特待生……）

ヨハンは窓から夜空を見上げる。

（1人は〝青龍組《セイリユウ》〟のフランツ。もう1人は〝白虎組《ビヤツコ》〟の誰かだ。成績で見るならホリー＝パラソン、アルマ＝カードニック、ヒマリ＝ランファーの3人が怪しい。だが……）

ヨハンはダーツ城ですれ違った白髪の生徒を思い出し、微笑んだ。

「……シャルル＝アンリ・サンソン」

ヨハンは再び歩を刻み始める。

自分の覇道を真っすぐと進んで行く。

◆

〝青龍組《セイリユウ》〟クラス校舎教員室。

〝青龍組《セイリユウ》〟のクラス校舎は寺院である。

床は畳、戸はふすま。

畳部屋に座布団を敷き、〝青龍組《セイリユウ》〟担任のコバヤシ副校長はキセルを咥える。

「シャルル＝アンリ・サンソンに会ったぜ。オイラからすりゃ、大した奴には見えなかった。とても お前さんが負ける相手とは思えねぇ。なぁ、坊《ぼん》」

青き龍を背負う男、〝青龍組《セイリユウ》〟特待生フランツ＝シュミルトン。背中に青龍の絵が描かれた法被《はっぴ》を着ており、色素の薄い黒のサングラスの奥には龍の如き鋭い眼が隠れている。担任を前にして足を崩して座り、サングラスにかかった黒髪の隙間からコバヤシを睨んでいる。

フランツは低く、けれどもよく響く声で言葉を発する。

「負けるとは思ってねぇ。甘くは見てないだけだ」

「聞くところによるとヒデェ成績らしいぞ。魔術師としちゃ下の下だ」

「テメェは知らねぇんだよ、あの野郎の狂気《おそろしさ》を……あの眼を。アイツの怖い所は魔術とか武術とはかけ離れた部分にある。組の足並みが揃うまで、〝白虎組《ビャッコ》〟との戦いは避けさせてもらう」

「因縁の相手だからか？　そこまで慎重になるのはよ」

「……因縁って程じゃねぇ」

「ん？　そうなのか？　奴はお前さんの妹の仇だって話じゃねぇか」

フランツはサングラスの奥から鋭い視線をコバヤシに浴びせる。

「おい、人の事情に首を突っ込むな。担任だろうが関係ねぇ、俺の気分を損《そこ》ねたら殺すぞ」

「へへっ、会った時から変わらない眼だ。いいぜ、好きにやりな」

フランツは腰を上げて、教員室から出る。そのまま寺院の如き校舎から外に足を踏み出した。

フランツが校舎から外に出ると、ズラリと人影が正面に並んだ。

『若《わか》ッ!!』

フランツの前に、〝青龍《セイリユウ》組〟の生徒が膝を付いて並ぶ。

フランツと同い年の人間が揃って頭を下げている。無理やり頭を下げさせているわけではない、フランツに心から敬意を払っているからこその姿勢だ。彼らの表情に淀みは一切ない。

「学園島の復元作業において、俺達の組が一番活躍することができた。お前らが俺を信じ、指示に従ってくれたおかげだ。ピエロ校長にも俺達のクラスのことを覚えてもらえただろう。〝青龍《セイリユウ》組〟にとって大きな一歩を踏み出すことができた。感謝する」

『勿体なきお言葉です……!』

「今日最後の任務だ、『ゆっくり体を休めろ』。明日からまた、俺の手足となって働いてもらう」

『はい！　仰せのままに!!』

「若様若様～」

フランツのクラスメイトの1人。糸目の女子がフランツを呼び止める。

「アランロゴス校長に報酬を貰ったんですよね？　なにを貰ったんですか？」

「ふん、面白いモンとだけ言っておこう。近い内に教えてやる」

「えぇ～？」

フランツは部下、もといクラスメイトの間を歩いて行く。

（名も無き奴隷、まさか学園島《ここ》に来てまでテメェの顔を見ることになるとはな）

フランツは過去のトラウマを思い出し、目の前に居ないシャルルを睨みつける。

「……ぶっ殺してやる」

◆

「諸君。今回はよく働いてくれた。君たちの働きのおかげで学園島はたったの5日で復興することができた。今日はその激励、感謝、そして我が学園の教師が行《おこな》ったことに対する謝罪を込めて、このような場を設《もう》けさせてもらった。――遠慮はいらない。好きなだけ食え!!」

『うおぉ～～!!!』

ハルマン副校長がグラスを上げると、生徒たちは一斉に叫んだ。地面が揺れるほどの叫びだ。

第8修練場。いつもは訓練に使うこの場所が今日のパーティ会場だ。修練場には一学年から六学年の〝白虎組《ビャッコ》〟が勢ぞろいしている。

ここで新事実が判明。どうやら〝月光寮〟の生徒は全員〝白虎組《ビャッコ》〟のようだ。

「うおぉ～!　リゼット!　おれと早食い勝負だぁ!!」

「いいぜ。返り討ちにしてやる!」

「肉だけじゃなくておでんもあるぞ～」

アフロン先輩、リゼット先輩、寮長を含め〝月光寮〟の生徒が全員揃っている。

あと、当然僕のクラスメイトも全員居る。

「シャルル！　聞いたぜ、お手柄だったな！」

「うわっ!?」

ラントが勢いよく肩を組んできた。

「ガラドゥーンの正体をお前が見破ってハルマン副校長に知らせたんだろ？　おかげで被害は最小限に収まったって、ハルマン副校長が言ってたぜ」

今回の件の僕の働きは事実を捻じ曲げられ伝えられた。

筋書きはこうだ。いち早くガラドゥーンの正体に気づいた僕はハルマン副校長に奴のことを報告。僕の報告を聞いたハルマン副校長はガラドゥーンと激戦を繰り広げた結果撃破。といった感じだ。

ハルマン副校長は鮮やかに手柄を我が物にした。真実と大きな違いはないから、別にいいがな。

「どうやってガラドゥーンがケノス教徒だと見破ったのか、聞かせてほしいものね」

ラントに続いてヒマリもやってくる。

「今日はそういう堅苦しい話はナシでいこうぜ。肉だ肉！　俺、実はバーベキュー初めてなんだよ！　腹が減って仕方ねぇ！」

ラントは肉のタレが香る方へ飛んでいった。

「ヒマリはバーベキュー食べないの？」

「……お肉を串に刺して頬張るなんて下品よ。下民の食べ方だわ」

と言いつつも、ヒマリはちらちらと興味深そうな視線を肉に送っている。ラントと同じで初めてのバーベキューに興味津々の様子だ。

素直じゃないな。

紙皿の上に肉が刺さった串を3本載せて、ヒマリの所へ持って行く。

「ほら、食べてみなよ」

「いらないわ」

本当に素直じゃないな。

ヒマリの強情な態度に腹が立った僕は、ヒマリの目の前で美味しそうに肉を頬張ることにした。

「ん～！　タレの味が染み込んでいて美味しい～！」

「――」

ヒマリは肩を震わせ、歯を軋ませ、僕の肉を睨んでくる。

そんなに食べたいのなら無理しなくていいのに。

「なんだよ、女王様は食わないのか？」

肉を貪りながら、ラントはそう言い放つ。

「食べないわ！」

キレ気味にヒマリは言う。

「どうせあれだろ、『お肉をお串に刺して頬張るなんてお下品よ！』とか思ってんだろ」

「……っ！」

ラントは体をクネクネさせてヒマリの真似をする。

凄いな、図星《クリーンヒット》だ。

「わっかりやすいなぁヒマリ様はよ！」

「思ってないわそんなこと！　――よこしなさい！」

ヒマリは僕の皿から串を取り上げ、左手を添えながら「はむっ」と小さな口で先頭の肉を嚙みちぎる。

ヒマリは肉を飲み込み、悔しそうな顔をした。

「安い肉、無駄に濃いタレ。でも」

「でも？」

「……おいしいわ。なんでかしら」

ヒマリは頭に残る疑問を解くため、夢中になってバーベキューを食べる。完全に自分の世界に入ってしまった。

「そういえばラント、ダーツ城で君のお兄さんに会ったよ」

「むごはぁ!?」

ラントは肉を喉に詰まらせ、水で流し込んだあと、僕の肩を強く摑んできた。

「あ、兄貴に会ったのか!?　ああ、兄貴は俺のこと、なにか言ってたか!?」

期待に満ちた顔だ。

ラントについて、ヨハンが言った言葉は『愚弟』の一言。こんな顔をしているラントにそのまま伝えることはできない。

「なにも言ってなかったよ」

「そ、そうかぁ……」

ラントは見るからにしょぼくれた。

「ん？」

視界の端に映ったハルマン副校長が手招きしている。

「どこ行くんだ？　シャルル」

「ハルマン副校長が僕に用があるみたい。ちょっと行ってくるよ」

「おー」

ハルマン副校長の元へ歩み寄る。

ハルマン副校長は修練場の端、人気《ひとけ》のない場所へ僕を連れて行く。

「……気持ちは決まったか？」

「はい、もう迷いません。僕は死刑を殺す。そのために全力を尽くします」

「そうか。君がつまらない選択をしなくて良かった」

つまらない選択、か。

ハルマン副校長はアンリとは真逆の意見の持ち主だ。僕には険しい道を歩んでほしいと思っている。

「待て、君。なんか魔力の波長が変わってないか？」

「波長？」

ハルマン副校長は焦った様子で僕の前髪を手であげた。

ハルマン副校長は僕の右眉の上――紋章に釘付けになっている。

「紋章!? そ、それも〝進軍せし者《グラディウス》〟の紋章じゃないか!? どこで手に入れた!!」

「ガラドゥーンを倒した褒美で、アランロゴス校長から紋章石を貰いました」

「あのクソピエロめ! 私の玩具を勝手に改造しよって……!!」

ハルマン副校長は葉巻を握りつぶし、地団駄を踏む。

そういえばアランロゴス校長はハルマン副校長には内緒で僕を校長室に招待していたようだった。

紋章石のことでとやかく言われるのが嫌だったのだろうか。

ハルマン副校長は肩で息をし、新しい葉巻に火をつけるとようやく落ち着いたのか僕に視線を合わせた。

「……しかし〝進軍せし者《グラディウス》〟か。強力だが調整の難しい紋章だ。しっかり自分の物にするまで無暗《むやみ》に使うんじゃないぞ」

「わかりました」

「ふふっ、紋章石を売らずに飲んだということは、腹は完全に決まっているようだな」

今度は愉快気に笑いだす。情緒が不安定な人だ。

「そういえば、あなたに聞きたいことがあった」

「なんだ?」

「クラス対抗戦とはなんですか?」

「その名の通りクラス間での争いさ」

「クラスで戦って終わり……なわけないですよね。どうせ、対抗戦の成績によってはクラスごと退学処分とか言い出すのでしょう」

「まぁよっぽど悪いとそうなるね。でもマイナス要素ばかりではない。対抗戦で好成績を残したクラスには良い事がある」

「良い事？」

「二学年に上がると島外活動というのが解禁される。魔術師として正式に任務を受け、島の外で任務を遂行するんだ。年度が終わった時点での対抗戦の成績でクラスごとに振り分けられる任務の質が変わる」

「好成績のクラスほど、良い任務が与えられるというわけですね。というか、二学年になってもクラスは変わらないのですか？」

「変わらないよ。クラスは6年間固定だ」

交友関係をなるべく広げたい僕にとって6年間固定なのはあまり嬉しくないな。

「良い任務を受けられれば当然の事、評価に繋がる。言いたいことはわかるね？」

「〝聖堂魔術師〟になるために、クラス対抗戦で勝ち抜くことは必須……」

「やる気が湧いてきたかな？」

「クラス対抗戦で勝ち抜いて〝白虎組《ビャッコ》〟を学年で一番のクラスにする。それで一歩でも夢に近づけるのなら、成してみせる」

互いにグラスを出す。グラスを衝突させ、高音が鳴りやまない内に互いにドリンクを飲んだ。

まだ僕の学生生活は始まったばかり。夢に向かって進めたのは精々数歩。

それでも、無為に日々を過ごすことはなくなった。

——アンリ。

君を処刑した日から止まっていた歯車が、ようやく動き出したみたいだ。

シャルル＝アンリ・サンソン。君から貰った名前で頑張るから、君もどうか応援してほしい。

「思う存分暴れたまえ、首斬り特待生」

「……無論、そうさせてもらう」

月の輝きがやけに眩しく感じる夜だった。

番外編　路地裏の名店

「今日こそ決着をつけてやるぜ……」

「望むところよ」

時は昼前、魔術実習の授業。

魔術実習の教員であるガラドゥーンが投獄されたことで、僕らのクラスの担当者はいなくなり、後任が決まるまでは自習のような形になった。

修練場でひたすら〝フレーミー〟の練習をしていた僕とラント。ヒマリからコツを聞きつつ練習を続けていたのだが……僕らができなさすぎてヒマリが嫌味を言い、それにラントが反発。５分間の口論の末、２人は決闘することになった。

クラス中の視線が、相対するヒマリとラントに集まっている。

「頑張れー！　ヒマリちゃん！」

「あまり無様なところは見せるなよー！　ラント！」

女子の声援を受けるヒマリ、男子の声援を受けるラント。軽く男子vs.女子みたいな構図になっている。

決闘の審判を仰せつかった僕は、右手を挙げて、鋭く下ろす。

「よーい、はじめっ！」

2人は杖を構え、同時に詠唱する。

「【フレーミー】！」

「【ナートン】！」

先に杖を振ったのはヒマリだ。

赤き杖から放たれた炎の塊をラントは横っ飛びして躱す。ラントは杖を振り、ヒマリの足元に光の糸を飛ばす。光の糸の数は10本に及び、ヒマリは躱しきれずに足と地面を縫い止められた。

「よっしゃ！　捕まえた！」

安堵するラント。だがヒマリは容易く土ごと足を上げ、走り出した。

「なっ!?」

「馬鹿ね。土と靴を縫合させたところで、簡単に抜け出せるわ」

遺跡の地面のように硬い土ならともかく、修練場の土は柔らかいからな……。

「ま、待て待て！」

ラントはヒマリに距離を詰められ、5メートルほどの距離から炎の球を射出される。

ラントは炎を躱せず、腹に直撃。ラントの体は大きく吹っ飛び、背中から倒れこんだ。

「勝者、ヒマリ」

審判役である僕は宣言する。

ヒマリは「当然よ」と髪をサラッと流し、ラントに背中を向けた。

僕は敗者であるラントの方へ歩く。

「……大丈夫？　ラント」

「……ぐやじいっ!!」

涙目になりながらそう言うラントであった。

◆

ホームルームが終わり、帰宅の時間。ラントと一緒に下駄箱に向かう。

「くっそー！　あの高飛車女、いつか絶対ヒーヒー泣かせてやる！」

「いい加減機嫌直しなよ。ねぇラント、僕、帰りに寄りたい場所があるんだけど……」

「寄りたい場所？」

「商業エリアのネーベル通りって知ってる？」

「あの人通りが少ない裏通りか」

「あそこには隠れた名店がたくさんあるんだって、寮長が言ってたんだ」

「いいな、面白そう！　俺達だけの隠れた名店ってやつを探そうぜ！」

階段を下り、一階に降りると、ラントが露骨に嫌そうな顔をした。

ラントの視線の先、下駄箱には赤毛の少女が立っている。

「ヒマリ……！」

「あら、負け犬下民じゃない」

「こんにゃろう……！　もう一戦勝負だコラ！」

飛び出しそうなラントを左手で制す。

「ヒマリ、これから暇？」

「暇だけどなに？」

「帰りにネーベル通りに行くんだけど、一緒にどう？」

「はぁ!?　おいおいシャルル……」

ラントとヒマリの仲が険悪だと間に挟まれる僕の身がもたない。ここで仲直りの機会を設けておこう。

「……いいわよ。私もあそこはまだ行ったことなかったしね」

「うげっ!?　マジかよ……」

ヒマリは誘いを受けてくれた。

僕はヒマリとラントと一緒にネーベル通りに行く。

ヒマリとラントが道中喧嘩し続けたことは言うまでもない。

——商業エリア・ネーベル通り
表通りの背の高い建物が陰になり、薄暗い通りだ。

大きな建物が幅をとっている表通りとは違い、小さな店が多く並んでいる。あまり売り気を出していない印象の店が多い。『来たい奴だけ来い』と佇まいで表している。

「アンティーク店やオルゴールのお店……表通りに比べてディープな趣味の店が多いようね」

「なぁなぁ、さっきからよ、めちゃくちゃ良い匂いしねぇ？」

「たしかに。どこからだろう？」

鼻孔をくすぐる香ばしい匂い。新鮮な野菜や肉をグツグツ煮込んでいるような香りだ。

それとは別に、ほろ苦い香りもする。この香りは一発でコーヒーだとわかる。

僕らは香りの釣り針に引っかかり、スパイス料理専門店〈フレーバーアルケミスト〉というところに辿り着いた。小さな一軒家のお店、外装の掃除は行き届いていて清潔感はある。

「スパイス料理専門店？　ってなんだ？」

「メニューが看板に書いてあるよ。えーっと、カレーとかコーヒーが多いね」

ヒマリは「カレー……」とつぶやき、目をキラキラと輝かせた。

「カレーって、複数のスパイスを混ぜて作る料理よね？　食べたことないわ……」

「うん。僕も聞いたことはあるけど食べたことはない」

「お前ら世間知らずだな……」

カレーは世に浸透している料理だ。食べたことの無い方が珍しいだろう。

ヒマリは金持ちゆえの世間知らずで、僕は貧乏ゆえの世間知らずなのだ。この中だとラントが一番世間の常識を知っているのかもしれない。

「入りましょう」

「うん」

「……カレーかぁ、今は気分じゃないけどなぁ」

乗り気な僕とヒマリが先に入り、後から乗り気じゃないランドが店内に入る。

「いらっしゃいませ」

店員は1人。髭の生えたおじさんだ。紳士的なベストを着ており、落ち着いた印象を受ける。髪は丸刈りだ。丸眼鏡の奥には穏やかな瞳が見える。

店内は狭く、カウンター席が5席と丸テーブル（2人席）が2つ。通路は2人並んで歩くのがやっとの幅しかない。

中に入った瞬間、別の世界に来たような感覚になった。外の熱気は完全に遮断されており、涼し気で、気持ちが落ち着く空気の店だ。

客は僕ら以外にいない。僕らはカウンター席に並んで座った。

「ご注文は？」

「えーっと、おすすめはありますか？」

僕が聞くと、

「そうだねぇ、やっぱりコーヒーとカレーかな」

「じゃあ、それにしようかな……」

「どちらもスパイスの種類まで指定できるけど、どうする？」

「うへ～、俺スパイスの種類とか全然わかんねぇや」

「それなら私に任せてほしい。美味しい配合にするからね」

「じゃあ、俺はカレーとカフェオレ！　スパイスはお任せで！」

「僕はカレーとコーヒー、僕もスパイスはお任せでお願いします」

「私もカレーとコーヒー。カレーのスパイスは任せます。コーヒーはシナモン多めで」

「カレーの辛さはどうする？　甘口、中辛、激辛で選べるけど」

「俺は甘口！」

「僕は中辛で」

「私は激辛」

「承知しました。少々お待ちください」

コーヒーの香りが鼻を楽しませ、カレーがポッポッと沸き立つ音が耳を楽しませる。

夕陽からのオレンジ色の光が窓から差し込む。

僕らは話題がないわけでもないのに、自然と静かに料理の到着を待った。良い意味で、この店の雰囲気に飲み込まれたのかもしれない。

「お待たせしました」

運ばれてきたカレーライスとコーヒー。

僕はまず、コーヒーに角砂糖を2個入れ、混ぜた後に口に運んだ。あまり味覚が良いわけでもない僕でもわかるぐらい、普通のコーヒーとは違うことがわかった。苦みが心地よく抜けていく。砂糖を入れたのを後悔するぐらい、深い味わいだ。

次にカレーライスに目を向ける。米とカレーをスプーンにちょうど5対5の割合で乗せて食べた。

ピリッと辛味がまずきて、次に溶けた玉ねぎの甘味がきた。熱いカレーに対して、米は常温で舌に優しい。鼻で嗅ぐスパイスの香りとはまた別のスパイスの香りが口から鼻に昇ってくる。

「おいしい……」

まず称賛の言葉を口にしたのはヒマリだった。

「うんめ！」

最初は乗り気じゃ無かったラントだったが、すぐにやみつきになってがっついている。

「すごくおいしいです」

僕は店員さんに向けて言う。

「ありがとう」

店員さんは自然な笑顔でそう返した。

「これは通っちまうなぁ。一発目で隠れた名店を見つけられたな！」

「そうだね……毎日来ちゃいそうだよ。これから卒業するまでこのカレーライスが食べられるなんて幸せだ」

ラントはすでにカレーライスを平らげている。

店員さんは苦笑して、首を横に振った。

「残念だけど、この店は月末には畳むんだ。学園から撤去を命じられてね」

僕とラント、そしてヒマリも目を見開いた。

こんなおいしい料理店が潰れるなんてありえない。誰もがそう思ったはずだ。

「ありえないわ！」

驚いたことに、ラントより先にヒマリが声を上げた。

「ここまでの品が出せるのに……！」

「ヒマリ。きっとなにか事情があるんだよ」

店員さんは「こんなこと、初見さんに話すのは気が引けるけど……」と前置きし、僕らになぜ店を畳むのか話し始めた。

「……なんでも、この裏通り一帯を撤去して、学生向けのレジャー施設を作る計画があるらしくてね。最近は客足も少なくて、経営も厳しいから、断り切れなかったんだ」

「客足が少ないのは、やっぱり場所が悪いからっすか？」

ラントの言う通りだろうと僕は思う。こんなに料理は良いんだ、接客態度も悪くない。マイナスポイントなんて店内が狭いことと場所が悪いことぐらいしか思いつかない。

もちろん、そんなマイナスポイントなんて気にならないほど素晴らしい料理を出す店だ。

料理の値段もカレーライスは５００オーロでコーヒーは１杯１６０オーロ。学生が手を出せる良い値段だ。

「場所が悪いのは承知の上だよ。それでもこれまでは繁盛していたんだ。けれど、今年に入ってから急にガランとするようになってね……常連さんもいなくなっちゃったんだ。きっと、味に飽きたんだろうね」

僕らは納得のいかない顔で顔を合わせた。

それから食事を終えて、店を出ると、ヒマリが「どうにかできないかしら」と話を切り出した。

ヒマリはよほど今の店を気に入ってるようだ。

「私が店にお金を入れれば……」

「あの人はそういうお金は受け取らないと思うな」

「いやぁ、でも勿体ねぇよな！　あんなに美味いのによ！」

「そうだね……でも、僕達にできることなんて……ん？」

足音が正面から多数聞こえた。

前を塞ぐように、５人の男子生徒が現れた。全員、ガラの悪そうな顔をしている。

「なによ、貴方たち？」

ラントは少し怯えた様子だ。ヒマリは堂々としている。

５人組のリーダーと思しき大柄の男が前に出る。

「テメェら、この通りにはもう近寄るな」

男は指をポキポキと鳴らす。

「どうしてかしら？」

ヒマリは一切物怖じせずに問う。

「ここはもうじきレジャー施設になるんだ。その邪魔をするなっつってんだ。下手に売り上げが上がったらレジャー施設建設がなしになっちまう。お前らだってこんなチンケな店共より、ビリヤードやダーツのできるレジャー施設があった方が嬉しいだろ？」

なるほど、あの店の客足が遠のいた理由がわかった。コイツらがレジャー施設のために、客を脅して遠ざけたんだな。

「反抗するなら痛い目に遭わせるぜ？」

「お前ら、もしかしてこの通りの店を利用した客、全員に同じ脅しをしてたのかよ!?」

ラントの顔から怯えは消え、怒りがにじみ出ていた。

「だとしたら、なんだ？　なにか文句があるのか？」

「大有りだ！」「大有りよ！」

うわっ、珍しくヒマリとラントが意気投合している。２人は杖を抜き、臨戦態勢に入った。

「話が簡単でよかった」

僕は冷たい声で言う。

「……お前らさえ潰せば、あの店の客足は回復するってことだ」

大男は僕らの威圧に怯み、一歩足を引いた。

「ちっ！　馬鹿な奴らだ。お前ら見たところ一学年だな？　俺達は四学年、経験が３年違うんだよ！　その差を見せてやる！」

大男の影から杖を持って４人が飛び出す。

ヒマリは「【フレーミー】！」と唱え、杖を振り、人間サイズの巨大炎球を杖の先に漂わせた。

奴らは全員炎球に恐れをなし、足を止めた。

「そんじゃ先輩方、俺達に経験の差ってやつを教えてもらおうか？　――やっちまえヒマリ！」

「どうして貴方に命令されるのかしら？　言われないでもやるわ！」

ヒマリの火炎魔術が炸裂。前に飛び出してきた４人は綺麗に吹っ飛んだ。

残るはリーダー格の男だけ。

「ふん、それなりにやるようだな。だが……」

男は屈み、手を靴に添える。

「【ヴィント】ッ！」

男は両方の靴に魔導印を刻んだ。

ヒマリは杖を振り、炎球を男に飛ばす。だが男は残像を生み、旋風と共に姿を消した。

「今の速度は……！」

ヒマリの攻撃は空を切った。男はいつの間にか、すぐ側の建物の上に避難していた。

「風の魔術を靴に宿し、風をブースト代わりにして退避したのね」

ヒマリの分析に間違いはないだろう。

「いかに攻撃力があろうと当たらなきゃ意味はない。テメェらじゃ俺を捕まえることは――」

僕は建物を駆けあがり、一息で男との距離を詰めた。

「なっ!?」

「――捕まえた」

僕は拳を握り、突き出す。だが男はまた旋風と共に姿を消し、裏通りの石畳に退避した。

「残念！　捕まってねぇよ！」

「いいや、捕まったさ」

男は僕の言葉で気づく、両足が地面に縫い止められていることに。

「な――なんだこの糸は!?　さ、触れねぇ!!」

「石の地面だからな、そう簡単に解けねぇぜ！」

「靴の性質は〝蹴撃〟。靴底に強い衝撃を与えることで刻まれた魔術を発動する。そうなっては、もう魔術は使えないわね」

ヒマリは杖の先に炎球を作り、見下した瞳をする。

男は炎の大きさに顔を歪め、全身から汗を噴き出した。

「待て待て！　もう脅すようなことはしねぇから！　それをぶつけるのはやめてくれ！」

「うわぁ、今朝の決闘を思い出すぜ……」

「残念ですが先輩、彼女は容赦を知りません」

僕は笑顔で告げる。

「焼き消えなさい――下民ッ!!」

「うわああああああああっっ――――――――――！！！?」

悲鳴は爆音と共に消えた。

◆

それから数日が経って、僕らはまた3人一緒に〈フレーバーアルケミスト〉に行った。

店主《マスター》は笑顔で僕らを迎える。

「あ！　また来てくれたんだね。ちょっと待ってて、いま片付けるから」

僕らはマスターが食器を片付け、台拭きでカウンターを拭いたあとに席につく。

「いやぁ、君たちのおかげで客足は無事回復したよ。校長先生も収入が回復したなら問題なしと、レジャー施設建設の件は取り消した。もう、店を畳むことはない」

僕らは安堵の笑顔を浮かべる。

「それで、ご注文は？」

「カレーとコーヒー、中辛でお願いします」

「カレーとコーヒー、激辛でお願いします」

「カレーとカフェオレ！　甘口！　そんでもって……」

「「「スパイスはお任せで！」」」

マスターは「ふふっ」と小さく笑い、

「了解！」

こうして、〈フレーバーアルケミスト〉は無事、僕らの行きつけの店となった。ついでに、先日共闘したからか、いつの間にかヒマリとラントの仲は修復していた。

用語集

【魔力の有無】……魔力を持って生まれるのは約100人に1人である。ただし、両親共に魔力持ちであれば9割の確率で魔力を持った子が産まれる。

【魔力水《エーテル》】……魔力を宿した水である。色によって対応する魔導具は異なる。シャワーや洗濯機など水属性の魔導具に対応したエーテルは青色、コンロや暖炉など火属性の魔導具なら赤色のエーテルが必要である。対応していないエーテルを入れても効果はなく、例えばシャワーのタンクに赤エーテルを入れてもなにも起きない。

エーテルは、遥か古代に滅んだ幻獣遺骸が溶けてできた物であるため、地底から採れる。採れるエーテルの種類は場所によって違う。魔術師が飲めるエーテルも存在し、それは緑色をしていて飲むと魔力が回復する。赤エーテルや青エーテルは飲むと腹を壊す。

【紋章石】……謎多き宝石。どこにあっても不思議ではなく、そこらの河原にだってある可能性がある。飲んだ生物の体を魔導具に変える。紋章がある状態で紋章石を飲むとただ石を飲んだのと変わらなくなる。

ちなみに魔力を持たない人間が紋章石を飲むと魔力が芽生え、紋章の魔術も使えるようになる。

魔力を持っている人間が紋章石を飲んだ場合も微々たる量だが魔力は与えられている。

【幻獣と魔獣と妖精】……幻獣は自然に生まれた、魔力を持った生物（飛竜《ワイバーン》や一角獣《ユニコーン》など）。魔獣は魔術によって造り出された生物（ガラドゥーンの使い魔など）。妖精は魔術を扱う魔獣（モニカの使い魔など）であり、本質は魔獣と変わらないため洗礼術の対象にはなる。3者とも魔力を持たざる者には視認できない。ただ学園島周辺には特別な結界が張ってあり、魔力を持っていない人間でも学園島の結界内ならばこれらを視認できる。

【サンソン家】……代々死刑執行人の家系。一応、魔術師の一族である。約1500年前から存在している。元来はケノス教専門の殺し屋のような存在だった。男だけでなく、女の執行人も過去には存在しており、アンリも洗礼術さえ使えれば死刑執行人になっていただろう。アンリが洗礼術の適性を持っていなかったため、ジャン＝サンソンは洗礼術を使える奴隷を探し、シャルルに出会った。ちなみにアンリは自分のせいでシャルルが死刑執行人になったと思っており、シャルルに対してかなり強い罪悪感を抱いていた。

【シャルルの大剣】……シャルルが持っている大剣はサンソン家が生まれてからずっとサンソンに使われており、1500年間洗礼術と共に受け継がれてきた。非魔術師に売れば数万オーロ程度の価値だが、魔術的価値は高く、魔術に精通した者なら何千万と払ってでも欲しくなる代物。大抵の魔導印に対して耐性がある。ちゃんとした名前もあるがシャルルは知らない。

あとがき

はじめまして、空松です。

段々と暑くなってきましたね。これを書いているのは6月下旬ですが、これを読んでいる皆様は8月を過ごしている事でしょう。今年の夏はどうですか？　暑いですか？　もしも暑い中、この1冊を買うために自転車を漕いで近くの書店まで行ってくれた方には一層の感謝を申し上げます。個人的には、欲しい本を求めて近くの書店に自転車で向かっている時間が人生で一番楽しい時間でした。

さて、そんなどうでもいい話はここまでにします。

『首斬り特待生』第1巻はいかがでしたでしょうか？

第一巻はシャルルがスーパーメインでしたね。終始シャルルとアンリの話でした。というのも、最悪第一巻で打ち切りなので、シャルルという人物の魅力をなるべく多く伝えたかったのです。

今作の主人公シャルル＝アンリ・サンソンにはモデルがいます。その名も……シャルル＝アンリ・サンソンです。実際に存在した人物なので調べてみてください。共通点がちらほらとあります。彼のことを調べればより一層、この作品を楽しめるかと思います。ちなみに史実のシャルルを描いた舞台を稲垣吾郎さんが主演で上演していると執筆中に担当さんから聞きました。コロナ禍でさえなければ見に行きたかったです……。

もし、この作品に続巻が出ることがあれば、史実のシャルルに関係した人物をモデルにしたキャラを出していきたいですね。もう頭の中にはナポレオンをモデルとしたキャラクターが居ます。

あらゆる作品にテーマというモノがあるように、『首斬り特待生』にもテーマがあります。それは『なにをもって断罪とするか』というものです。作品のテーマであり、シャルルの永遠の課題になるものです。罪を裁くというのはとても曖昧な言葉で、僕も正しい断罪というものがわかりません。話を進めながら、シャルルや他の登場人物たち、そして読者の皆様と一緒にこのテーマと向き合っていければと思います。

最後に、この作品を世に出してくださった編集さんと、文字で構成されていたキャラクターに姿形を与えてくれたyujiyujiさんに多大な感謝を。

では、もしも出すことができたなら、また2巻でお会いしましょう。さらば！

ありがとうございます!!
Twitter:@yujioso
yujiyuji

EARTH STAR NOVEL

首斬り特待生 ①
～1000人を処刑した死刑執行人、魔術学園に入学する～

発行 ―――――― 2021年8月18日　初版第1刷発行

著者 ―――――― 空松蓮司

イラストレーター ―――――― yujiyuji

装丁デザイン ―――――― 山上陽一（ARTEN）

発行者 ―――――― 幕内和博

編集 ―――――― 及川幹雄

発行所 ―――――― 株式会社 アース・スター エンターテイメント
〒141-0021　東京都品川区上大崎3-1-1
目黒セントラルスクエア　7F
TEL：03-5561-7630
FAX：03-5561-7632
https://www.es-novel.jp/

印刷・製本 ―――――― 中央精版印刷株式会社

ISBN 978-4-8030-1553-9